NYE NOVELLETTER

TO NOVELLETTER FRAN DANMARK

Alexander Kielland

Nye Novelletter/To Novelletter Fra Danmark
Copyright © JiaHu Books 2016
First Published in Great Britain in 2016 by Jiahu Books – part of
Richardson-Prachai Solutions Ltd, 434 Whaddon Way, Bletchley,
MK3 7LB
ISBN: 978-1-78435-188-5
A CIP catalogue record for this book is available from the British
Library
Visit us at: jiahubooks.co.uk

2

NYE NOVELLETTER

TO NOVELLETTER FRA DANMARK

TORVMYR

Høit over Lyngsletterne fløi en gammel fornuftig Ravn. Den skulde mange Mile vestover, helt ud til Havkanten, for at grave op et Svineøre, som den havde gjemt i den gode Tid. Nu var det sent paa Høsten og knapt for Føden.

Nar der kommer en Ravn — siger Fader Brehm — behøver man bare at se sig om, for at opdage den anden. Men man kunde længe nok se sig om, der den kom flyvende, den gamle, fornuftige Ravn; den var og blev alene. Og uden at bekymre sig om noget, gled den paa de stærke, kulsorte Vinger gjennem den tykke Regnluft, styrende bent vest uden at give en Lyd fra sig.

Men som den fløi jævnt og betænksomt, fulgte de skarpe Øine Landskabet nedenunder, og den gamle Fugl ærgrede sig.

Aar efter Aar blev de grønne og gule Smaalapper dernede flere og større; Stykke for Stykke skar den ud af Lyngmarken, Smaahuse med røde Tagsten fulgte med, lave Skorstenspiber med kvalm Torvrøg — Menneskeværk og Mennesker overalt.

Den kunde mindes fra sin Ungdom — det kunde nu være nogle Vintre siden —, da var her nettop Plads for en dygtig Ravn med Familie: lange, endeløse Lyngvidder, Hareunger og Smaafugl i massevis, Edderfugle i Strangen med store, deilige Æg, og saa meget af alslags Delikatesser som man kunde ønske sig.

Nu var her Hus ved Hus, gule Agerflekker og grønne Sletter og saa knapt for Føden, at en gammel hæderlig Ravn maatte flyve milevis for et lumpent Svineøre.

De Mennesker! — de Mennesker! — den gamle Fugl kjendte dem. Den var voxet op blandt Mennesker og det endoogsaa blandt nogle af de fineste af dem. Paa den store Gaard tæt ved Byen havde den levet sin Barndom og sin Ungdom.

Men hvergang den nu passerede over Gaarden, løftede den sig høit op, for ikke at blive gjenkjendt. Thi naar den saa en Dameskikkelse nede i Haven, troede den, at det var den unge Frøken med Pudder og Haarsløife, og saa var det i Virkeligheden hendes Datter med snehvide Krøller og Enkekappe.

Om den havde havt det godt hos de fine Mennesker — aa — som man tager det. Mad i Overflod og meget at lære; men det var dog

Fangenskab; de første Aar med den venstre Vinge klippet og senere paa „parole d'honneur" — som den gamle Herre pleiede at sige.

Det var dette Æresord den havde brudt, og det hændte en Vaar — der fløi en ung, skinnende sort Hunravn hen over Haven.

Nogen Tid efter — det kunde vel være nogle Vintre senere — kom den tilbage til Gaarden. Men nogle fremmede Gutter kastede Sten efter den; den gamle Herre og den unge Frøken var ikke hjemme.

De ere vel i Byen — tænkte Ravnen og kom igjen nogen Tid efter. Men akkurat samme Modtagelse fik den.

Da blev den gamle, hæderlige Fugl — thi imidlertid var den bleven gammel,— fornærmet, og nu fløi den høit over Huset. Den vilde ikke have mere med Mennesker at skaffe, og den gamle Herre og den unge Frøken kunde længe nok stirre efter den, — og det gjorde de, det var den overbevist om.

Og alt, hvad den havde lært, glemte den; baade de vanskelige franske Ord, som den lærte inde i Stuen af Frøkenen, og de ulige lettere Kraftudtryk, den paa egen Haand tilegnede sig ude i Drengestuen.

Kun to Menneskelyd blev hængende i dens Hukommelse som Yderpunkterne af dens svundne Lærdom. naar den var i rigtig godt Humør, hændte det, at den sagde: „Bonjour — madame!" men naar den var sint, skreg den: „Fanden gale mig!"

Gjennem den tætte Regnluft gled den hurtig og sikkert: den skimtede allerede den hvide Krans af Brædningerne langs Kysten. Da blev den opmærksom paa en stor, sort Flade, som bredte sig nedenunder. Det var en Torvmyr.

Gaardene laa i en Ring omkring paa Høiderne; men paa den lave Slette — den var vist over en Mil lang — fandtes intet Menneskespor; bare et Par Torvstakker i Kanten, sorte Tuer og blinkende Vandpyttter indimellem.

„Bonjour madame!" raabte den gamle Ravn og begyndte at kredse i store Ringe over Myren. Der saa daa hyggeligt ud, at den langsomt og forsigtigt dalede ned og satte sig paa en Trærod midt ude i Myren.

Her var omtrent som i gamle Dage — øde og stille. Hist og her, hvor Bunden var tørrere, gorede der lidt kort Lyng og enkelte Sivdotter. Myrfiblerne vare afblomstrede; men paa de stive Straa hang endnu en og anden Dusk — sort og sammenkladdet af Høstregnet; ellers var det fin, mørk, smuldret Jord — vaad og fuld af Vandpytter; — graa, forvredne Trærødder stak frem, flettede ind i hinanden som et knudret Net.

Den gamle Ravn forstod godt, hvad den saa. Her havde voxet Træer engang, endogsaa før dens egen Tid.

Skoven var borte, Grenene, Løvet — alt var væk; bare Rødderne igjen, indfiltrede i hinanden dybt ned i den bløde Masse af sorte Trævler og Vand.

Men længer kunde Forandringen heller ikke komme; saaledes fik det forblive, og dette fik da Menneskene ialfald lade ligge som det laa.

Den gamle Fugl rettede sig op. Gaardene laa saa langt borte, her var saa hjemlig sikkert midt ude i den bundløse Myr. Noget af det Gamle fik dog være i Fred; den glattede de skinnende, sorte Fjær og sagde flere Gange: „Bonjour madame!" —

Men ned fra den nærmeste Gaard kom et Par Mand med Hest og Kjærre; to Smaagutter løb bagefter. De kjørte en kroget Vei mellem Tuerne, men lige ud over Myren.

De stanser snart — tænkte Ravnen.

Men de kom altid nærmere; den gamle Fugl vendte uroligt Hovedet; det var forunderligt, hvor langt de vovede sig ud.

Endelig stansede de, og Mændene tog fat med Spader og Øxer. Ravnen kunde se, at de kavede med en svær Trerod, som de vilde have løs.

Det blir de snart trætte af — tænkte Ravnen.

Men de blev ikke trætte; de huggede med Øxerne — det var de skarpeste, Ravnen havde seet — grov og sled, og tilslut fik de virkelig væltet den svære Stamme om paa Siden, saa at hele det stærke Rodnet stod bent op i Luften.

Smaaguterne vare kjede af at grave Kanaler mellem Vandpytterne.

„Se den store Kraagen derborte" — sagde den ene

De forsynede sig med Sten i begge Hænder og lurede sig frem bag Tuerne.

Ravnen saa dem godt. Men den havde seet det som værre var.

Heller ikke herude i Myren var der længer Fred for det Gamle. Nu havde den seet, at selv de graa Trærødder, som vare ældre end den ældste Ravn, og som vare saa fast indflettede i den dybe, bundløse Myr, — at selv de maatte give tabt for de skarpe Øxer.

Og da Gutterne netop var saa nær, at de skulde til at kaste, løftede de tunge Vinger og fløi op.

Men som den steg i Luften og saa ned paa de travle Mænd og de dumme Gutter, som stod og gabte efter den med en Sten i hver Haand, saa røg Sinnet paa den gamle Hædersfugl.

Den skjød ned som en Ørn paa Gutterne, og mens dens store Vinger daskede dem om Ørene, skreg den med frygtelig Stemme: „Fanden gale mig!"

Gutterne sat i et Skrig og kastede sig ned. Da de en Stund efter vaagede sig til at se op, var der igjen stille og øde; — langt borte fløi en ensom sort Fugl vestover.

Men til de blev voxne Folk, — ja lige til sin Dødsdag beholdt de den Overbevisning, at den Onde havde aabenbaret sig for dem ude i Svartemyren i Skikkelse af en overhændig stor sort Fugl med Ildøine.

— Og saa var det dog bare en gammel Ravn, der fløi vestover, for at grave op et Svineøre, den havde gjemt. —

SIESTA

I en af de elegante Ungkarleleiligheder i Rue Castiglione sad et muntert Selskab ved Desserten.

Signor José Francisco de Silvis var en lavbenet kulsort Portugiser af dem, der pleie at komme fra Brasilien med utrolige Rigdomme, leve et utroligt Liv i Paris og fremfor alt udmærke sig ved de utroligste Bekjendtskaber.

I Det lille Selskab var der næppe nogen, som kjendte sin Sidemand undtagen de, som vare komne parvis. Og Værten selv kjendte de fra et Bal, fra et table d'hote eller fra Gaden.

Signor de Silvis lo og talte høit, hvor han kom frem — som rige Fremmede pleie; og da han ikke kunde naa op til Jockeyklubbens Niveau, samlede han, hvad han fandt: spurgte strax efter Adressen og sendte Dagen efter en Invitiation til en liden Diner.

Han talte alle Sprog — ligetil Tysk; og man kunde se paa ham, at han ikke var lidet stolt, naar han raabte over Bordet: „Mein lieber Hr. doctor! — wie geht's Ihnen?"

Der var virkelig en rigtig tysk Doctor mellem dem — overgroet med lyserødt Skjæg, og med dette Smil fra Sedan, som følger Germanerne i Paris.

Samtalens Temperatur steg ved Champagnen: flydende Fransk og radbrækket Fransk blandede sig med Spansk og Portugisisk; Damerne laa baklængs i Stolene og lo; man kjendte allerede hinanden godt nok til ikke at genere sig; Spøg og Vittigheder fór over Bordet og fra Mund til Mund; alene „der liebe Doctor" disputerede alvorligt med sin Sidenmand — en fransk Journalist med rødt Baand i Knaphullet.

Og saa var der en til, som ikke reves med i Lystigheden. Han sad paa høire Side af Mademoiselle Adéle, — tilvenstre havde hun sin nye Elsker — den tykke Anatole, som havde forspist sig paa Trøfler.

Under Maaltidet havde Mademoiselle Adéle ved mange uskyldige Smaakunster prøvet at faa Liv i sin Sidemand tilhøire. Men han forblev stille, svarede forbindtlig, men kort og halvsagte.

Første troede hun, det var en Polak — af de allerkjedsommeligste, der gaa omkring og spille Fredløse. Men hun mærkede snart at hun tog feil; og det ærgrede Mademoiselle Adéle.

Thi det var en af hendes mange Specialiteter strax at kunne sortere alle de Udlændinger, mellem hvilke hun færdedes, og hun pleiede at forsikre at hun kunde gjette en Mands Nationalitet, naar hun havde talt ti Ord med ham

Men denne ordknappe Fremmede voldte hende meget Hovedbrud. Havde han bare været blond, vilde hun strax have gjort ham til Englænder: thi saaledes talte han. Men nu havde han sort Haar, tætte, sorte Mustacher og en fin liden Figur. Fingrene vare paafaldende lange, og han havde et eiendommeligt Lag til at pille ved Brødet og lege med Dessertgaffelen.

„Han er Musiker" — hviskede Mademoiselle Adéle til sin tykke Ven.

„Ah!" — svarede Monsieur Anatole, — „jeg er bange, jeg spiste for mange Trøfler."

Modemoiselle Adéle hviskede ham et godt Raad i Øret, hvorover han lo og saa meget forelsket ud.

Imidlertid kunde hun ikke give slip paa den interessante Fremmede. Efterat hun havde lokket ham itl at drikke flere Glas Champagne, blev han livligere og talte mere.

„Ah!" raabte hun pludseligt, „jeg hører det paa Sproget: De er alligevel Englænder!"

Den Fremmede blev rød i Ansigtet og svarede hurtigt: „Nei — Madame!"

Mademoiselle Adéle lo: „Omforladelse! jeg ved, Amerikanerne blive vrede, naar man tager dem for Engelskmænd."

„Jeg er hellerikke Amerikander" — svarede den Fremmede.

Dette var for meget for Mademoiselle Adéle, hun bøiede sig over sin Asiette og saa muggen ud. Thi hun mærkede sat Mademoiselle Louison ligeoverfor gottede sig over hendes Nederlag.

Den fremmede Herre fostod det og tilføiede halvhøit: „Jeg er Irlænder — Madame."

„Ah!" — sagde Mademoiselle Adéle med et taknemligt Smil; thi hun var let at forsone.

„Anatole! — Irlænder — hvad er det?" hviskede hun. „Det er de Fattige i England," hviskede han tilbage.

„Saa! — hm!" — Mademoiselle Adéle trak Øienbrynene iveiret og kastede et sky Blik paa sin Sidemand tilhøire; han havde med en Gang tabt meget i hendes Interesse.

De Silvis' Dinéer vare vare udmærkede. Man havde siddet længe tilbords, og naar Monsieur Anatole tænkte paa Østerserne, hvormed man var begyndt, forekom de ham som en skjøn Drøm. Derimod havde han en stadig Anmindelse om Trøfflerne.

Den egentlige Spisning var forbi; en Haand rakte ud efter et Glas, pillede mellem Frugterne eller de smaa Kager.

Den følsomme, blonde Mademoiselle Louison faldt i Betragtninger over en Drue, som hun lod plumpe ned i Champagneglasset. Bitte smaa blanke Luftblærer satte sig fast rundtomkring paa Skallet, og da den var helt bedækket af de skinnende hvide Perler, løftede de den tunge Drue op gjennem Vinen mod Overfladen.

„Se" — sagde Mademoiselle Louison og vendte de store svømmende Øine mod Journalisten, „se hvorledes hvide Engle bære en Synder mod Himlen!"

„Ah! — charmant — Mademoiselle! hvilken sublim Tanke!" raabte Journalisten henrykt.

Mademoiselle Louison's sublime Tanke gik rundt Bordet og gjorde megen Lykke. Alene den letsindige Adéle hviskede til sin tykke Elsker: „Der skulde vist en god Slump Engle til at bære dig, Anatole!"

Journalisten greb imidlertid Øieblikket og vidste at fængsle den almindelige Opmærksomhed. Glad var han ogsaa ved at slippe ud af en møisommelig politisk Disput med Tyskeren, og da han havde rødt Baand og den overlegne Avistone, hørte alle paa ham.

Han udviklede hvorledes Smaakræfterne, naar de forenes, kunne løfte store Byrder; og derfra kom han ind paa Dagens Them: Pressens storartede Indsamlinger for de Vandlidte i Spanien og for de Fattige i Paris.

Her havde han meget at fortælle, og hvert Øieblik sagde han „vi" om Pressen, idet han talte sig ganske varm om „disse Millioner, vi — med saa store Opofrelser — tilveiebragte."

Men ogsaa de andre havde hver sit at berette. Utallige smaa ædle

Træk kom frem fra disse Dage fulde af Fornøielse, der smagte af Opofrelse.

Mademoiselle Louison's bedste Veninde — en ubetydelig Dame, der sad nederst ved Bordet, fortalte tiltrods for Louison's Protest, hvorledes denne havde taget tre fattige Sypiger op til sig — i hendes egen Leilighed, og ladet dem sy hele Natten før Festen i Hippodromen. Hun havde givet de stakkels Piger baade Kaffe og Mad — foruden Betalingen.

Mademoiselle Louison blev med en Gang en vigtig Person ved Bordet, og Journalisten begyndte at vide hende udsøgt Opmærksomhed.

De mange skjønne Træk af Godgjørenhed og Louison's svømmende Øine satte det hele Selskab i en stille tilfreds, menneskevenlig Stemning, der passede til Trætheden ovenpaa det anstrængende Maaltid.

Og dette Velvære steg endnu nogle Grader, da man var kommen tilro i de bløde Stole inde i den kjølige Salon.

Der var ikke andet Lys end liden i Kaminen.

Det røde Skjær gok over det engelske Gulvtæppe opad Guldlisterne i Tapetet, skinnede paa en forgyldt Maleriramme, paa Pianoet, som stod ligefor, hist og her paa et Ansigt længer inde i Mørket. Ellers saaes ikke andet end de røde Punkter af Cigarer og Cigaretter.

Samtalen dovnede af; — en Hvisken hist og her, — Lyden af en Kaffekop, som sattes bort, — enhver syntes oplagt til uforstyrret at nyde Fordøelsens stille Glæde og sin menneskevenlige Steming. Selv Monsieur Anatole lemte sine Trøfler, idet han strakte sig i den lave Stol tæt ved Soafen, hvor Mademoiselle Adéle havde taget Plads.

„Er her ikke nogen, som vil spille lidt for os?" — spurgte Signor de Silvis fra sin Stol. „De pleier altid at være saa snil — Mademoiselle Adéle." —

„Aa — nei — nei!" raabte Mademoiselle, „jeg er altfor mæt!" — og hun lagde sig tilbage i Sofaen, vippede Benene op og foldede sine Hænder over sin lille runde Silkemave.

Men den Fremmede — Irlænderen — reiste sig fra sin Krog og gik henimod Instrumentet.

„Ah — De vil spille for os! Tusind Tak — Monsieur — hm!" Signor de Silvis havde glemt Navnet — noget, som ofte hændte ham med hans Gjæster.

„Ser du! — han er Musiker!" sagde Mademoiselle Adéle til sin Ven.

Anatole gryntede beundrende.

Det var forresten noget, alle fik Indtrykket af bare ved den Maade, hvorpaa han satte sig og uden nogen Forberedelser slog nogle Akkorder hist og her — ligesom for at vække Instrumentet.

Derpaa begyndte han at spille — legende, let, frivolt — som Situationen var til.

Dagens Melodier hvirvlede ind mellem Valsestumper og Visestumper; — alle de Ubetydeligheder, Paris nynner i otte Dage, blandede han sammen i et aandrigt flydende Foredrag.

Damerne raabte af Beundring, sang et Par Takter med og trippede med Fødderne. Hele Selskabet fulgte med spændt Interesse; han havde truffet Stemingen og faaet dem alle med fra Begyndelsen.

Kun det liebe Doctor hørte til med Sedansmilet; det var altfor lette Sager for ham.

Men snart kom der ogsaa noget for Tyskeren; han nikkede af og til med etslags Anerkjendelse.

En Stump Chopin dukkede op og lagde sig vidunderligt ind i Stemningen — den pikante Vellugt, som fyldte Luften, — de lette Damer, — disse Mennesker, saa aabne og ubekymrede, alle fremmede for hinanden, — skjulte i den elegante og halvmørke Salon, hver følgende sine hemmeligste Tanker, baarne af den hemmelighedsfulde halvklare Musik, medens Skjæret fra Ilden steg og faldte, og lod alt, hvad der var gyldent, glimte frem gjennem Mørket.

Og der kom bestandig mere for Doctoren. Fra Tid til anden vendte han sig mod de Silvis og signaliserede, naar der forekom „Anklänge" af „unser Schumann", „unser Beethoven" eller vel endog af „unser famoser Richard".

Imidlertid spillede den Fremmede videre — jævnt og uden Anstrængelse, let bøiet tilvenstre for at faa Kraft i Bassen. Det lød, somom han havde tyve Fingre — alle af Staal; de myldrede Toner forstod han at samle, saa at Instrumentet fik en mægtig, enkelt Klang. Uden nogen Stans, uden at markere Overgangene holdt han ved bestandig nye Overraskelser, Hentydninger og geniale Kombinationer Interessen fast, saa at selv den mindst musikalske maatte følge i Spænding.

Men umærkeligt skiftede Musiken Farve. Kunstneren spillede sig bestandig nedover Instrumentet — bøiende sig mere mod venstre, og der blev en underlig Uro i Bassen. Gjendøberne fra Profeten kom med tunge Trin; en Rytter fra „damnation de Faust" kom farende dybt nedefra i det fortvivlede, hinkende Helvedesgalop.

Det rumlede stærkere og stærkere nede i Dybet, og Monsieur Anatole begyndte atter at kjende Trøflerne. Mademoiselle Adéle reiste sig halvt op; Musiken lod hende ikke ligge i Fred. Hist og her skinnede Ilden paa et Par sorte Øine, der stirrede paa Kunstneren. Han havde lokket dem med sig, nu kunde de ikke slippe; bestandig nedover førte han dem — nedover, hvor der mumledes dæmpet og dumpt som at Trudsler og Klager.

„Er führt 'ne famose linke Hand" — sagde Doctoren. Men de Silvis hørte ikke paa ham; han sad som de andre i aandeløs Spending. En dunkel, beklemmende Rædsel gik fra Musiken og lagde sig over dem alle. Kunstneren syntes med den venstre Haand at knytte en Knude, som aldrig vilde løses, medens den høire kastede lette Løb som Flammer op og ned i Discanten. Det lød, somom der forberedtes noget ubyggeligt nede i Kjælderen, medens de ovenpaa brændte Bruleau og holdt sig lystige.

Der hørtes et Suk, et halvt Skrig fra en af Damerne, som følte sig ilde; men ingen endsede det. Kunstneren var nu kommen helt ned i Bassen, hvor han arbeidede med begge Hænder, og de utrættelige Fingre hvirvlede Tonerne sammen, saa det kriblede koldt nedover Ryggen paa dem alle.

Men i den truende, knurrende Lyd dybt dernede begyndte der at komme en Bevægelse opad. Tonerne lød i hinanden, over — forbi hinanden — opover, bestandig opover uden at komme nogen Vei. Der blev en vild Kamp, for at komme op; det myldrede som af smaa, sorte Skikkelser, der rev og sled; — en rasende Iver, — en feberagtig Hast, — klavrende, gribende fat med Hænder og Tænder, — sparkende hinanden, — bandende, — Skrig, Bønner, — og altimens gled hans Hænder opover saa langsomt, saa pinligt langsomt.

„Anatole!" hviskede Mademoiselle Adéle ligbleg, „han spiller Fattigdommen!"

„Aa — mine Trøfler!" — jamrede Anatole og holdt sig paa Maven.

Med et blev der lyst i Salonen. To Tjenere med Lamper og Kandelabre dukkede frem i Portieren; og idetsamme sluttede den fremmede Kunstner, idet han med al sin Magt huggede Staalfingrene i en Dissonans — saa umulig, saa oprørende, at hele Selskabet fór op. „Ud med Lamperne!" raabte de Silvis. „Nei, nei!" — skreg Mademoiselle Adéle, „kom med Lys, jeg tør ikke være i Mørke; hu! det skrækkelige Menneske!"

Hvem var det? — ja — hvem var det? — uvilkaarligt stimlede de sammen om Værten, og Ingen lagde Mærke til, at den Fremmede smuttede ud bag Tjenerne.

De Silvis prøvede at le: „Jeg mener, det var Fanden selv. Kom lad os gaa i Operaen!"

„I Operaen! — ikke for nogen Pris," raabte Louison, „jeg vil ikke høre Musik paa fjorten Dage, og saa Myldret i Operatrappen!"

„Aa — mine Trøfler!" klagede Anatole.

Selskabet brød op. De havde alle med en Gang faaet Fornemmelsen af, at de vare fremmede paa et fremmed Sted, og hver fik Lyst til at liste sig hjem til sig selv.

Da Journalisten førte Mademoiselle Louison til Vognen, sagde han: „Ja se det er Følgen af at lade sig overtale til at komme hos disse Halvvilde; man er aldrig sikker paa det Selskab, man træffer."

„Ak nei! — han forspildte mig ganske min deilige Stemning" — sagde Louison vemodigt og vendte de svømmende Øine mod ham; — „vil De følge mig til la Trinité? jeg ved, der læses en stille Messe Klokken tolv."

Journalisten bukkede og steg ind med hende.

Men da Mademoiselle Adéle og Monsieur Anatole kjørte forbi det engelske Apothek i Rue de la paix, standsede han Kusken og sagde bønligt til hende: „Jeg tror, jeg maa stige af og faa mig noget for mine Trøfler. Du tager mig det ikke ilde op? — den Musik — ser du." —

„Gener dig ikke — min Ven! oprigtigt talt: jeg tror ikke, vi er synderligt oplagt nogen af os iaften. Godnat — altsaa til imorgen!"

Hun lænede sig tilbage i Vognen — lettet ved at være alene; og den letsindige Skabning græd som hun var pisket, mens hun kjørte hjemover.

Anatole var vistnok bekymret for Trøflerne; men han syntes dog, han kom sig, da Vognen rullede bort.

Siden de gjorde hinandens Bekjendtskab, havde de ikke været saa tilfredse med hinanden som i dette Øieblik, da de skiltes.

— Den, som havde klaret sig bedst, var „der liebe Doctor"; thi han var som Tysker hærdet i Musik.

Alligevel besluttede han at foretage en Fodtur til Brasserie Müller i Rue Richelieu, for at faa sig en ordentlig tysk Seidel Øl og kanske lidt Skinke ovenpaa alt dette. —

EN SKIPPERHISTORIE

Der laa engang i en Udhavn en hel Del Fartøier. De havde ligget der meget længe — ikke just for Storm, men snarere for Dødveir; tilsidst havde de ligget der saa længe, at de ikke mere ændsede Veiret.

Alle Kapteinerne vare efterhaanden blevne gode Venner; de reiste i Besøg fra Skib til Skib og kaldte hverandre „Fætter".

De havde ingen Hast med at komme afsted. Af og til kunde det hænde, at en ungdommelig Styrmand lod falde et Ord om den gode Vind og det rolige Hav. Men sligt blev ikke taalt; det maa gaa ordentlig til paa et Skib. Derfor blev de, som ikke kunde holde Mund, satte iland.

Saaledes kunde det dog ikke blive gaaende til evig Tid. Menneskene ere ikke saa gode som de burde være, og det er ikke alle, som trives under Ro og Orden.

Folkene begyndte omsider at mukke saa smaat: de var kjede af at male og pudse Kahytterne og af at 10 Kapteinerne til og fra Toddygilder. Det rygtedes, at enkelte Skibe beredte sig til Afseiling. Paa nogle sattes Seilene til et for et i al Stilhed, Ankerne lettedes uden Sang, og Skibet gled roligt ud af Havnen; andre gik Seil, mens Skipperen sov. Slagsmaal og Mytteri hørte man ogsaa om; men saa kom der Hjælp fra Nabokapteinerne, saa blev der straffet og landsat, og alle Fortøininger blev efterseede og forstærkede.

Ikkedestomindre forlod tilslut alle Skibene — paa et nær — Havnen. De seilede ikke alle med lige Lykke, et og andet kom endog ind igjen for en Tid med Skade. Andre hørte man lidet om. Paa et Skib — sa' man, var Kapteinen kastet overbord af Mandskabet; et andet seilede med halve Besætningen i Lænker — Ingen vidste hvorhen. men saa var de dog alle paa Farten, strævende hver paa sin Vis snart i Storm snart i Stille mod sit Maal.

Kun et Skib blev — som sagt — liggende i Udhavnen; og det laa baade sikkert og godt; to Ankere i Bunden og tre svære Trosser i Land.

Det var en underlig liden Kasse. Skroget var gammelt; men det var en nylig bleven repareret, og saa havde man gidet det en svirsk, liden, moderne Gallion, som stak underligt af mod de flade Sider og den tunge Agterende. Riggen — kunne man se — havde oprindelig tilhørt et større Fartøi, men var i al Hast bleven afpasset efter det mindre Skrog, og dette forøgede end mere det uforholdsmæssige i hele Briggens Udseende. Saa var det malet med store Kanonporter som en „man of war", og førte altid Nummerflag paa Stortoppen. Skipperen var en ualmindelig Mand. Han havde selv malet den Skilderi af Briggen, som hang i Kahytten, og saa kunde han synge — baade Salmer og andre Viser. Ja, der var dem som paastod, at han lagede Viser selv. Men det var nok helst Løgn. Og Løgn var det vist ogsaa hvad man hviskede i Ruffet, at Skipperen ikke var ganske sjøstærk.

Sligt noget fortællet altid Jungmanden til Kahytsgutten for at gjøre sig Kar. Og desuden var der en Styrmand paa Briggen, som vel kunde klare Pynterne alene, om det kneb.

Han havde faret som Styrmand i mange Herrens Aar, alt fra Skipperens salig Fars Tid. Han var ligesom groet fast til Rorpinden, og mange kunde næsten ikke tænke sig den gamle Brig med en ny Styrmand.

Han havde vistnok aldrig faret paa fjerne Farvande. Men da hans „trade" bestandig havde været den samme, og da han altid havde været i Følge med flere, havde Briggen seilet noksaa heldigt — uden synderligt Havari og uden synderlig Fortjeneste.

Derfor var baade han og Skipperen komne til den Overbevisning, at Ingen kunde fare bedre end de og derfor brød de sig ikke stort om, hvad de andre gjorde; de saa op i Luften og rystede paa Hovedet.

Mandskabet havde det godt; thi det var ikke bedre vant. De fleste kunde ikke begribe, hvorfor Folkene paa de andre Skibe havde saa travelt med at komme afsted: Maaneden „dreiede" jo, enten man laa i Udhavn eller man seilede, og saa var det dog bedre at slippe Arbeidet. Saalænge ikke Skipperen drev paa Afseiling, kunde altid Mandskabet holde sig iro; for han maatte jo have den største Interesse af at komme afsted. Og desuden — de vidste jo alle, hvad for en Kar Styrmanden var; og laa en saa dygtig og prøvet Mand stille, kunde man være ganske overbevist om, at han havde sine gode og vægtige Grunde.

Men et lidet Parti inden Mandskabet — nogle ganske ungdommelige Personer — mente, at det var Skam saaledes at lade sig seile afterud af Alverden. De havde vel inge synderlig Fordel at vente af Reisen; men tilslut blev dog Uvirksomheden dem saa utaalelig, at de fattede den eventyrlige Beslutning, at sende Jungmanden agterud og bede Kapteinen fastsætte en Dag til Afseiling.

De fornuftige blandt Mandskabet korsede sig og bad Jungmanden saa pent om at holde sig i Skindet.

Men denne var en fremfusende Grønskolling, som havde faret i fremmed Tjeneste og derfor indbildte sig at være en Allerhelvedeskarl. Han gik lige agterud og ned i Kahytten. Der sad Skipper og Styrmand ved sin Whisky og spillede Femkort.

„Vi vilde spørge om ikke Skipperen vilde gaa Seil næste Uge, for nu er vil alle saa kjed af at ligge her" — sa' Jungmanden; han saa Skipperen lige i Øinene uden at blinke.

Denne blev først lyseblaa derpaa dyb-violet — som rimeligt kunde være. Men han tog sig i det, og saa sagde han, hvad han altid pleiede at sige ved enhver Leilighed: „Hvad mener du? — Styrmand!"

„Hmm —!" svarede Styrmanden langsomt.

Mere pleiede han aldrig at svare, naar han blev spurgt; for han ligte ikke at svare strax. Men naar han fik tale ganske alene — uden at nogen afbrød ham, da kunde han komme med de længste Sætninger og de allervanskeligste Ord. Og da var Skipperen især stolt af ham.

Saa korte som Styrmandens Svar end kunde synes, forstod Skipperen dog strax Meningen. Han vendte sig mod Jungmanden — alvorligt, men pynteligt; thi han var en saare folkelig Mand: „Din forbandede Grønskolling! — tror du ikke, jeg forstaar de Ting bedre end du? — jeg som ikke har tænkt paa andet end være Skipper fra jeg var en Næve stor! Men jeg ved nok hvad du og dine Lige tænker paa. I bryr Jer Fanden om hele Skuden, og kunde I bare faa Magten fra os Gamle, saa seilede I paa den færste den bedste Holme, for at faa plyndre Whiskyen. Men det bliver der nu ikke noget af — Hvalpen min! — og her blir vi liggende, saalænge jeg vil."

Da denne Besked naaede FOlkelugaren, vakte det stor Uvilje blandt de unge og umodne — det var jo venteligt. Men endogsaa Skipperens Venner og Beundrere rystede paa Hovedet og mente at dette var et stygt Svar: det var jo bare et Spørgsmaal, og man kan jo ikke forspørge sig.

Der utbredte sig nu en øgende Misstemning, hvilket var noget uhørt mellem disse fredsommelige Mennesker. Endogsaa Skipperen, der elleres ikke var snar til at forstaa eller mærke nogetsomhelst, syntes, han saa saamange tvære Ansigter; og han var ikke længer saa fornøiet med Besætningens Holdning, naar han traadte ud paa Dækket med sit venlige: Godmorgen — Slyngler!

Men Styrmanden havde længe lugtet Lunten; for han havde en fin Næse og lange Øren. Derfor mærkede man et Par Aftener efter Jungmandens uheldige Visit, at noget overordentligt var igjære agterud.

Kahytsgutten maatte gjøre tre Vendinger med Toddykjedlen; og den Beretning, han afgav i Ruffet efter sin sidste Tur, var isandhed foruroligende.

Styrmanden lod til at have talt uophørligt i to Timer; foran sig paa Bordet havde de: Barometer, Chronometer, Compas, Sextant, Journalen og det halve Skibsbibliothek. Dette bestod af Kingos Salmebog og en gammel hollandsk „Kaart-Boikje"; for Skipperen kunde ligesaalidt med de nye Salmer som Styrmanden med de nye Karter.

Skipperen sad nu og stak i Kartet med en stor Passer, medens Styrmanden talte med alle sine længste og vanskeligste Ord.

Især var der et Ord, som ofte kom igjen, og det lærte Gutten sig udenad; og saa sa' han det omigjen og omigjen for sig selv, medens han gik opad Kahytstrappen, henover Dækket, lige til Ruffet, og med det samme han fik Døren op, raabte han: „Initiativ — var det! — pas paa det Ord — Gutter! skriv det op — Initiativ!"

In-i-ti-a-tiv — blev med megen Møie stavet og skrevet med Kridt paa Bordet. Og under Guttens lange Beretning sad alle disse Mennesker og stirrede med Ængstelse og spændt Forventning paa dette lange, mystiske Ord.

„Og saa" — sluttede endelig Kahytsgutten, — „saa sa' Styrmanden: Men vi ville selv gribe — det som staar paa Bordet" —

„Initiativ!" raabte alle Munde.

„Javel! — saa var det! — og hvergang han sa' det, saa slog de begge i Bordet og saa paa mig, somom de vilde æde mig. Derfor tror nu jeg, at det er et nyt Slags Revolver, de ville gribe til."

Men det troede Ingen af de andre, saa slemt var det vel ikke. Men noget forestod, det var klart. Og Frivagten gik tilkøis med tunge Anelser, og Hundevagten — thi der blev holdt ordentlig Vagt — fik ikke Blund paa Øinene den Nat.

Klokken syv næste orgen var baade Skipper og Styrmand paa Dæk. Saa tidligt paa Dagen kunde ingen Mand mindes at have seet dem. Men der blev ikke Tid til at falde i Forbauselse. Thi nu fulgte Slag i Slag Ordre til Afseiling: Hiv op Ankerne; to Mand iland og kast los Trosserne!

Der blev Glæde og Travlhed blandt Mandskabet, og saa fort gik det, at Briggen i mindre end en Time var under Seil.

Skipperen saa paa Styrmanden; de rystede hver paa sit Hoved; „Dette Fandens Hastværk!"

Efter et Par smaa Slag i den rummelige Havn klarede hun Odden og stak ud i rum Sø. Der blæste en frisk Bris, og lidt Sjøgang var der.

Styrmanden stod med en uhyre Skraa i Munden paaskræves over Rorpinden; thi saadant Fandens Kram som et Rat skulde aldrig komme ombord, saalænge han havde noget at sige.

Skipperen stod i Kahytstrappen med Hovedet opfor Kappen. Han var lidt grønagtig, og saa løb han ofte ned i Kahytten. Den gamle Baadsmand troede, han saa i Kartet; Jungmanden mente han drak Whisky; men Kahytsgutten bandte paa, at han brækkede sig.

Mandskabet var i ypperligt Humør: det var saadan en Forfriskelse at kjende Søluften, at føle Skibet bevæge sig under Benene. Ja selv den gamle Brig syntes at være i Humør; hun lod sig duve saa dybt ned mellem Sjøerne som hun kunde og gjorde meget mere Skum end nødvendigt var.

De unge holdt Udkig efter store Sjøer. „Der kommer en Basse!" raabte de, „bare han nu træffer dogt" —, og det gjorde han.

Det var en ordentlig Sjø, større end de andre. Den nærmede sig bedageligt, lagde sig ned og tog Sigte; reiste sig saa pludseligt op — og dermed gav den Briggen, der var pluskjævet som en Basunengel, en vældig Klask paa det Bagbords Kind, saa at det dirrede i hele Kareten. Og høit over Rækken og langt indover Dækket sprøitede det friske salte Skum; det var netop saavidt, at Kapteinen fik bjerge Hovedet nedfor Kappen.

Ah — hvor det friskede; det livede op i Gamle og Unge, de havde ikke smagt friskt Sjøvand paa lang Tid — og med en Mund brød det hele Mandskab ud i et lystigt Hurra!

Men idetsamme lød Styrmandens Tordenrøst: „Hart i Læ!" — Briggen løb op i Vinden, Seilene slog saa det skalv i Riggen, og nu fulgte Slag i Slag, men endnu hurtigere end før Ordre til Ankring: „Lad falde Bagbordes Anker! — lad gaa Styrbords og!"

Plump! — der faldt det ene; plump! — der gik det andet. De gamle Kjettinger russede ud, saa at der stod en rød liden Sky af Rust op paa hver Side af Bougsprydet.

Folkene — vante til Lydighed — arbeidede hurtigt uden at tænke; og snart laa Briggen noksaa roligt for sine to Ankere.

Men nu efter Arbeide kunde Ingen tilbageholde sin Forbauselse over denne pludselige Ankring — midt under Seiladsen, udfor Kysten mellem Holmer og Skjær. Og endnu underligere syntes dem de Befalendes Opførsel. For der stod de nu begge helt forud med Enderne tilveirs, bøiende sig helt ud over Rækken og stirrende paa Bagbords Boug. Nogle havde endog syntes høre Kapteinen raabe: Til Pumperne — Manne! men det blev aldrig opklaret.

„Hvad Fanden mon de bestiller der forud!" — sagde Jungmanden.

„De tror, hun stødte, da vi fik den store Sjøen," hviskede Kahytsgutten.

„Hold Kjæft — Gut!" sagde Baadsmanden.

Alligevel gik Kahytsguttens Ord fra Mund til Mund, der hørtes et lidet Kluk af Latter hist og her, Ansigterne blev mer og mer forpinte og Latteren var lige ved at bryde løs. — Da saaes Styrmanden at puffe Skipperen i Siden. „Ja — men saa maa du hviske!" — sagde denne.

Styrmanden nikkede, og saa vendte Skipperen sig mod Mandskabet og talte høitideligt:

„Ja — heldigvis! — denne Gang gik det godt! men nu haaber jeg ogsaa, at enhver af Jer vil have lært, hvor farligt det er at laane Øre til disse umodne Opviglere, der aldrig kunne være i Ro og lade Udviklingen — som Styrmanden siger — gaa sin naturlige Gang. Nu gav jeg efter dor Eders Ønsker denne Gang — isandhed! det var ikke, fordi jeg billigede Eders vanvittige Fremfusenhed; men det var, for at overbevise Eder ved — ved Begivenhedernes Logik. Og se — hvorledes gik det? — Vistnok blev vi som ved et Under forskaanede for det værste; men nu ligge vi her, udenfor den trygge Havn, vor gamle Ankerplads, som vi have forladt, for at tumles om paa det Uvisses, det Uprøvedes oprørte Vande. Men — tro mig! herefter skulle I finde baade vor udmærkede Styrmand og Eders Kaptein paa vor Post mod slige umodne Projekter. Og gaar det os galt herefterdags, saa skulle I alle mindes, at det Altsammen er Eders Skyld: Vi toer vore Hænder."

Derpaa skred han tversigjennem Mandskabet, som ærbødig veg tilside; Styrmanden, som troligt havde hvisket, tørrede sin Øine og fulgte. Begge forsvandt de i Kahytten.

————————

Megen Strid var der i Ruffet den Dag; og det blev værre siden.

Det var forbi med Briggens gode Dage. Splid og Misnøie, Mistænksomhed og Paastaaelighed gjorde den trange Folkelugar til et rent Helvede.

Kun Skipper og Styrmand syntes at trvies vel under alt dette, og den almindelige Misstemning rørte dem ikke; thi de havde ingen Skyld.

Paa Forandring tænkte Ingen. Man havde gjort, hvad man kunde, og Skipperen havde jo ogsaa paa sin Side været føielig. Nu fik man holde sig i Ro. Briggen laa paa et farligt Sted; men nu fik den ligge — og der ligger den endnu.

FOLKEFEST

Det var ganske tilfældigvis, at Monsieur og Madamme Toussoeau kom til Saint-Germain-en-Laye i de første Dage af September. For fire Uger siden havde de holdt Bryllup i lyon, hvor de hørte hjemme; men hvor de senere havde opholdt sig, var dem saa underligt uklart. Tiden var faret afsted i Hop; et Par Dage var ganske bleven borte for dem, og omvendt huskede de et lidet Havelysthus i Fontainebleau, hvor de havde siddet en Aftenstund, saa tydeligt, somom de havde tilbragt sit halve Liv der.

Paris var det egentlige Maal for deres Bryllupsreise, og der boede de ogsaa i et hyggeligt lidet Hotel garni; men de havde ingen Ro paa sig, varmt var der ogsaa; derfor flakkede de om i de nærmeste Smaabyer, og saaledes kom de ogsaa en Søndag Middag til Saint-Germain.

„Monsieur og Madame kommer formodentlig, for at overvære Festen?" — spurgte den lille trivelige Dame i Hotel Henri Quatre, idet hun fulgte de Fremmede opad Trappen.

Festen? — de vidste slet ikke om nogen anden Fest i Verden end deres egen Bryllupsfest; men det sagde de ikke noget om.

Nu fik de da i en Fart vide, at de havde været saa heldige at træffe midt opi den store berømte Folkefest, som holdes hvert Aar den første Søndag i Spetember i Skoven ved Saint-Germain.

Det unge Par morede sig kosteligt over sit Held. Det var, somom Lykken fulgte dem i Hælene, eller snarere, somom den løb foran og arrangerede Overraskelser. Efter en prægtig Middag paa Tomandshand bag et af de klippede Taxtræer i den snurrige Haye, sted de i Vognen og kjørte afsted til Skoven.

Ved det lille Springvand midt paa Græsplainen i Hotelhaven sad en pjusket Kondor, som Værten havde anskaffet til Moro for Gjæsterne. Et forsvarligt Toug bandt den fast til det lille Stativ. Men naar Solen skinnede rigtig varmt paa den, kom den til at tænke paa Fjeldtinderne i Peru, paa de store Vingeslag over de dybe Dale — og s a a glemte den Touget.

To vældige Slag slog den, saa strammede det i Foden, og de faldt ned i Græsset. I timevis kunde den ligge der, saa rystede den sig og kravlede atter op paa sit lille Stativ.

Da den vendte Hovedet efter de lykkelige Mennesker, maatte Madame Tousseau le høit over dens melankolske Mine.

Eftermiddagssolen gled gjennem de tætte Kroner i den endeløse, snorlige Allée langsmed Terrassen. Den unge Kones Slør løftede sig i den raske Fart og snurrede sig ganske om Hovedet paa Monsieur. Det tog en helt Tid at faa det i Orden igjen, og Hatten maatte rettes utallige Gange. Saa skule Cigaren tændes igjen, og det var ogsaa et helt Arbeide. For Fruens Vifte gjorde altid et lidet mistænkeligt kast, hvergang Fyrstikken flammede op; — det maatte straffes, og det tog ogsaa Tid.

Den fine engelske Familie, som laa i Saint-Germain hele Sommeren, blev forstyrret i sin reglementerede Spadsertur af den lystige Vogn, som passerede. De løftede de korrekte graa eller blaa Øine; der var hverken Ærgrelse eller Ringeagt i deres Blik; — kun en liden, mat Skygge af Forundring. — Men Kondoren stirrede efter Vognen, til den blev en liden sort Prik yderst ude i den snorlige, endeløse Allée.

La joyeuse fête des Loges er en rigtig Folkefest med Honningkager, Sværdslugere og glohede Vafler. Omkring den ældgamle Eg, som staar midt paa Festpladsen, tændes kulørte Lamper og Papirlygter, naar Aftenen falder paa; og i de høieste Grene krybe Gutterne omkring med bengalske Ilde og Krudtkjærringer.

Opfindsomme Herrer have Lygter paa Hatten, paa Stokken og hvor de bare kunne anbringes, og den aller opfindsomste vandrer om med sin Elskede under en stor Paraply med en Lygte paa hver af Spilerne.

I Udkanterne brende Baal paa Marken; her steges Høner paa Spid, medens Poteter skaarne i Skiver koges i Smult. Enhver Lugt synes at have sine Velyndere, thi der staar altid mange omkring. Men Størsteparten færdes op og ned i den lange Gade af Boder.

Monsieur og Madame Tousseau havde taget alt med. De havde spillet i Europas fordelagtigste Lotteri hos en Mand, som excellerede i tvivlsomme Vittigheder; de havde seet Verdens fedeste Gaas og den berømte Loppe „Bismarck", som kunde kjøre sex Heste. Endvidere havde de kjøbt Honningkager, skudt tilmaals efter Kridtpiber og blødkogte Æg, og tilslut havde de danset Vals i det store Baltelt.

Aldrig havde de moret sig saa godt. Der var slet ingen fine Folk, — ialfald ingen finere end de selv. Heller ikke kjendte de et Menneske; derfor lo de til alle og nikkede endogsaa, naar de traf den samme Person to Gange.

Alt syntes dem saa fornøieligt. Udenfor de store Teltbygninger, hvor der var Circus eller Balletdivertissements, stod de og lo af Udraaberne. Magre Bajadser blæste Trompet, og unge Piger med hvidtede Skuldre stod og fristede paa Tribunen.

Monsieur Tousseaus Portemonnaie havde travelt; men de bleve ikke kjede af det evindelige Prelleri. Tvertimod de maatte bare le over de uhørte Anstrængelser, disse Mennesker gjorde sig, forat tjene — kanske en halv Franc eller nogle Centimer.

Men en Gang stod de foran et Ansigt, de kjendte. Det var en ung Amerikaner, som de havde truffet i Hotellet i Paris.

„Nu — Monsieur Whitmore!" — raabte Madame Tousseau muntert, „her har De dog vel endelig fundet et Sted, hvor selv De ikke kan lade være at more Dem!"

„Jeg for min Del" — svarede Amerikaneren langsomt, — finder ingen Fornøielse i at se de Mennesker, som ikke have Penge, gjøre sig til Nar for de Mennesker, som have dem!"

„Aa — De er uforbederlig!" lo den unge Kone, „ellers maa jeg komplimentere Dem for det fortræffelige Fransk, De taler idag!"

Efterat der var vexlet endnu et Par Ord, blev de skilt ad i Sværmen; Mr. Whitmore vilde tilbage til Paris strax.

Det var mere end en Kompliment af Madame Tousseau. Den alvorlige Amerikaner talte ellers et Fransk til at græde over. Men det Svar, han havde givet Madame, var næsten korrekt. Man maatte tro, at det var vel overveiet i Forveien, — at det var en hel Række af Indtryk, som havde fæstnet sig i disse Ord. Kanske var det derfor, at hans Svar hagede sig saa fast i Monsieur og Madame Tousseau.

De syntes ikke — nogen af dem, at det var saa særdeles godt sagt; tvertimod — de fandt begge, at det maatte være sørgeligt at have saa tungt et Sind som deres unge Bekjendt. Men alligevel blev der siddende noget igjen; de havde ikke længer saa let for at le, Madame blev trøt, og de begyndte at tænke paa Hjemturen.

Da de vilde gaa nedad den lange Gade mellem Boderne, for at naa Vognen, kom der just en støiende Flok opover.

„Lad os gaa en anden Vei" — sagde Monsieur.

De gik mellem to Boder og kom ud paa Bagsiden af den ene Række. De snublede over Trærødder, før Øiet vænnede sig til det usikre Lys, som faldt stribevis mellem Teltene. En Hund, som laa og gnavede paa noget, reiste sig knurrende og slæbte sit Rov lenger ind i Mørket mellem Træerne.

Paa denne Side bestod Boderne af gamle Seil og alslags forunderlige Draperier. Mellem Revnerne saa man Lys hist og her; etsteds opdagede Madame et Ansigt, hun kjendte.

Det var Manden, hos hvem hun havde kjøbt den mageløse Honningkage — Monsieur gik endnu med Halvparten i Baglommen.

Men alligevel var det underligt at se Honningkagemanden igjen paa denne Side. Dette var noget helt andet end det smilende, forbindtlige Ansigt, der havde sagt den smukke Frue saamange smukke Ting, — og væet saa utrættelig til at rose sine Kager — de var ogsaa fortræffelige.

Nu sad han sammenkrøben og spiste noget ubestemmeligt noget af et rudet Tørklæde — ivrigt, graadigt, uden at se op.

Længer nede hørte de en dempet Samtale; Madame vilde absolut kige ind, Monsieur vilde nødigt, men han gjorde det alligevel.

En gammel Bajads sad og talte Kobberpenge i Haanden, skjændte og brummede. Den unge Pige, som stod foran ham, frøs og bad for sig; hun var indhyllet i en lang Regnkaabe.

Manden bandte og trampede i Jorden. Da kastede hun Regnkaaben og stod halvnøgen i etslags Balletdragt. Uden at sige et Ord og uden at rette paa sit Haar eller sin Pynt steg hun op paa det lille Trin, som førte til „Scenen“.

I dette Øieblik vendte bun sig om og saa paa Faderen. Hendes Ansigt havde allerede anlagt Balletsmilet; men dette veg nu for et helt andet Udtryk. Ved Munden var der ikke mere at se; men Øinene prøvede at smile bønligt til ham — et Secund; Bajads trak paa Skuldrene og holdt Kobberskillingerne frem. Den unge Pige vendte sig, dukkede ind under Forhænget og modtoges med Skraal og Applaus.

Ved den store Eg holdt Manden med Lotteriet fremdeles sin flydende Tale. Hans Vittigheder var bleven altmere utvetydige, eftersom Mørket faldt paa. Latteren var ogsaa anderledes i Publikum, Menneskene vare vildere, Bajadserne tyndere, Damerne frækkere, Musiken falskere — ialfald syntes Madame og Monsieur det.

Da de passerede Balteltet, lød Støien af en Kvadrille ud til dem; „Herregud! — var det virkeligt der, vi dansede!“ — sagde Madame Tousseau og trykkede sig op til sin Mand.

De gik saa fort som de kunde igjennem Trængselen; Vognen var snart naaet, bare forbi det store Circustelt. Det skulde blive godt at komme til at sidde og slippe væk fira al denne Larm.

Paa Tribunen foran Circusteltet var der tomt nu. Forestillingen var i fuld Gang derinde i det kvalme halvlyse Rum.

Kun den gamle Kone, som solgte Billetter, sad og sov ved Kassen. Og et Stykke borte i Lyset af hendes Lampe stod en bitteliden Gut.

Han var klæedt i Tricots, grøn paa den ene Side og rød paa den anden; paa Hovedet havde han en Narrehue med Horn.

Tæt indved Tribunen stod en Kone indtullet i et sort Tørklæde; hun syntes at tale til Gutten.

Han satte vexelvis det røde og det grønne Ben frem, men trak det strax tilbage. Endelig gik han tre smaa Skridt frem paa sine tynde Pibestilker og rakte Haanden ned mod Konen.

Hun tog det, han havde i den, og forsvandt i Mørket.

Et Øieblik stod han stille, saa mumlede han nogle Ord og begyndte at græde.

Han stansede og sagde: „Maman m'a pris mon sou!" — og saa græd han igjen.

Han tørrede sine Øine og stod en Stund. Men hvergang han fortalte sig selv sin lille triste Skjæbne: at Moder havde taget Skillingen hans, saa brød Graaden frem voldsommere og voldsommere for hver Gang.

Han bøiede sig og knugede Ansigtet ind i Forhænget. Den stive, sprukne Oliemaling maatte være kold og tør at græde i. Den lille Krop krympede sig sammen, han trak det grønne Ben helt opunder sig og stod som en Stork paa det røde.

Thi derinde bag Forhænget maatte de ikke høre, at han græd. Derfor hulkede han ikke som et Barn; men han stred som en Mand mod en Hjertesorg.

Naar Anfaldet var over, snød han sig i Fingrene og tørrede sig paa sine Tricots. Med det skidne Træppe klinede han sin Graad udover, saa det lille Ansigt blev ganske grimet, og saaledes stirrede han et Øieblik ud i Folkefesten med tørre Øine.

„Maman m'a pris mon sou!" — og saa begyndte det igjen.

Som Sudraget et Øieblik lægger Stranden tør, mens den nye Bølge samler sig, saaledes skyllede Sorgen i tunge Bølgeslag over det lille Barnehjerte.

Hans Dragt var saa latterlig, hans Krop saa spinkel; hans Graad saa bitterligt tung, og hans Smerte var saa stor og voxen. —

— Men hjemme i Hotellet — Pavillion Henri Quatre — det er der, de franske Dronninger behagede at ligge i Barselseng — der sad Kondoren og sov paa sit Stativ.

Og den drømte sin Drøm — sin eneste Drøm. Det var den om Fjeldtinderne i Peru; om de store Vingeslag over de dybe Dale, og saa glemte den Touget.

Den løftede med Magt de pjuskede Vinger. To vældige Slag slog den, saa strammedes Touget, og den faldt, hvor den pleide at falde; — det sved i Foden og Drømmen gled ud langsmed Lænken.

— Den fine engelske Familie klagede, og Værten selv ærgrede sig den næste Morgen; thi Kondoren laa død i Græsset. —

EN ABEKAT

Thi det var egentlig en Abekat, som nær havde skaffet mig Laudabilis til juridisk Embedsexamen; jeg fik kun Haud, hvilket kunde være noksaa rimeligt.

Men min Ven — Advokaten, som hver Dag med blandede Følelser maatte læse Kladden til mine Besvarelser, fandt, at min Procesopgave var saa god, at han frygtede, den kunde sætte mig op i: „Kan vel faa Laud". Og han vilde nødig, at jeg skulde have den Tort og Uleilighed at dumpe i det mundtlige; thi han kjendte mig og var min Ven.

Men Abekatten var egentlig en Kaffeflæk i Margen Pag. 496 i Schweigaards Proces, den jeg havde laant af min Ven Cucumis.

Tristere Dage kan vel ikke leves end at gaa op til Juridicum i Sneslaps og Halvmørke midt paa Vinteren, — det skulde da være, at det var endnu værre om Sommeren; men det har jeg ikke prøvet.

Man farer igjennem disse 11 Opgaver — eller er det 13? — det er vist det infameste Tal, man har kunnet udtænke — som en ulykkelig Debutant i Circus: — afsted gaar det i Karriere, han staar med Livet i Hænderne og et tosset Circussmil paa Læberne; og saa skal han 11 — eller er det 13? — Gange hoppe igjennem et af disse utækkelige Tøndebaand med Papir over.

Ganske i samme Situation befinder den Ulykkelige sig, der tager eller prøver at tage Juridicum; — kun rider han ikke i Karriere, i glimrende Gasbelysning, under fuld Musik. Han sidder i Halvmørke paa en haard Stol med Ansigtet mod Muren, og den eneste Lyd, han hører, er Inspektørernes Støvler; thi der findes

26

ikke i den vide, vide Verden saadanne Støvler til at knirke som juridiske Inspektørstøvler.

Og saa kommer det skrækkelige Øieblik, da den sorte Udsending fra Collegium juridicum bringer „Opgaven". Han stiller sig i Døren og læser den — koldt, lidenskabsløst, med en grusom Spot over Situationens Rædsel, idet han løfter det skjæbnesvangre Dokument iveiret, — dette utækkelige Tøndebaand med Papir over, hvorigjennem vi alle skulle springe — eller stige af Hesten og „tage tilbage" — tilfods!

Man sætter sig tilrette i Sadlen. Nogle synes slet ikke at kunne komme tilrette; de vugge uroligt hid og did; en enkelt „stiger af". Han følges til Døren af Alles Øine, og der gaar et Suk gjennem Forsamlingen: Idag dig — imorgen mig! Imidlertid begynder man at høre lette Trav henover Papiret: der hoppes.

Enkelte sætte sikkert og graciøst igjennem og komme ud paa den anden Side „staaende til Laud". Andre synes, det er altfor let at springe ligefrem; de vende sig derfor i Luften og sætte Halen foran. Disse komme ogsaa igjennem, men bagvendt; og der siges, at deres Kunstfærdighed ikke vinder fortjent Paaskjønnelse hos Kampdommerne.

Atter andre hoppe, men træffe ikke Tøndebaandet; de hoppe under, ved Siden, — nogle endogsaa meget høit over og komme vel fra det. Disse finde ialmindelighed Opgaven yderst simpel og fortsætte ubekymret det vilde Ridt.

Men naar man nu ikke har Lyst til at ride, ingen Øvelse i at hoppe, saa er man meget at beklage, — medmindre man har en Abekat Pag. 496. —

— Jeg ved ikke hvor mange Tøndebaand jeg havde passeret, da jeg befandt mig Ansigt til Ansigt med Procesopgaven.

Det var et usundt Liv, vi førte i den Tid: hoppede om Dagen og læste om Natten. Jeg sad midt paa Natten halvveis i Processen; jeg lagde formeget i Ovnen; jeg vexlede mellem at stikke mit Hoved ud at Vinduet og ned i Vaskevandsbollen, — og altimellem fór jeg som en Hvirvelvid afsted gjennem Processens visne Blade.

Dog — selv den raskeste Vind maa tilslut lægge sig, — og det var ogsaa mit hjerteligste Ønske. Men det juridiske Moment var stærkt i mig: jeg sad stiv, stirrede og læste for ellevte Gang: Man kunde saaledes vistnok formene — — man kunde saaledes — vistnok — forene det nyttige med det behagelige — og lægge sig — — lidt bagover i Stolen; jeg læser lige godt for det; — Lampen generer slet ikke; — man — kunde — saaledes — —

Men alskens ujuridiske Billeder groede op af Bogen, slyngede sig om Lampen og truede med ganske at overskygge min klare processuelle Aand. Jeg skimtede endnu de hvide Blade: man — kunde — saaledes — — Resten forsvandt i et Mylder af smaa sorte Bogstaver, der fløg nedover de tættrykte Sider; i mat Fortvivlelse fulgte mine Øine Strømmen, — da saa jeg — nede paa den høire Side — et Ansigt.

Det var en Abekat, som var tegnet i Margen; fortræffeligt tegnet — syntes jeg, især var den brune Ansigtsfarve mærkelig. Interessen for dette Kunstværk viste sig — Skam at sige — stærkere end selve Schweigaard; jeg vaagnede en Smule, bøiede mig forover, for at de bedre.

Ved at slaa Bladet om opdagede jeg, at den mærkelige brune Ansigtsfarve kom af, at hele Abekatten igrunden var en Kaffeflæk; Tegneren havde bare sat et Par Øine og lidt Haar til; — det geniale ved Kunstværket skyldtes egentlig den, der havde spildt Kaffeen.

Det var nok det, jeg vidste, at Cucumis ikke kunde tegne, — tænkte jeg, men sin Proces kunde han s'gu.

Og nu kom jeg til at tænke paa Cucumis, paa hans smukke Laud, den ærefulde Hjemkomst, hvormeget han vist havde læst, for at blive saa flink. Og mens jeg tænkte paa dette, vaagnede min Bevidsthed lidt efter lidt, indtil pludselig min egen Uvidenhed stod tydeligt for mig i al sin gruelige Nøgenhed.

Jeg forestillede mig Skammen ved at maatte „stige af"; eller — endnu værre! at være hin ene Ulykkelige, om hvem det uforanderligt hedder med uhyggelig Anonymitet: En af Kandidaterne erholdt non contemnendus; — og som det stundom hænder, at Folk gaa fra Forstanden af Lærdom, saaledes blev jeg næsten halvgal af Skræk over min Uvidenhed.

Op fór jeg og paa Hovedet i Vaskevandsbollen; jeg gav mig neppe Tid til at tørke mig, saa læste jeg med en Energi, der fæstede hvert Ord i min Erindring: „Man kunde saaledes vistnok formene — o. s. v."

Ned den venstre Side ilede jeg, med usvækket Kraft nedover den høire; jeg naaede Abekatten; fór forbi ham, bladede om og læste tappert videre.

Jeg mærkede ikke, at mine Kræfter nu vare aldeles udtømte. Skjønt jeg skimtede et Afsnit, hvilket ellers er saa stærk en Spore, kunde jeg ikke undgaa at falde i en af disse rænkefulde Sætninger, som man læser omigjen og omigjen i illusorisk Dybsindighed.

Jeg famlede om efter Redning; men der var ingen. Det begyndte at gaa rundt for mig: Hvor er Abekatten? — en Kaffeflæk; — man kan ikke være genial paa begge Sider; — alting i Livet har Rette og Vrange — for Exempel Universitetsuhret, — men naar jeg ikke kan svømme, saa lad mig komme op, — jeg skal i Circus! — jeg ved godt, det er mig, du staar og griner af — Cucumis! — men jeg kan springe gjennem Tøndebaand — jeg; — og havde bare den Professor, som staar der og ryger af min Parafinlampe, seet ordentlig efter i corpus juris, saa laa jeg ikke her — i Skjorten midt paa Karl Johans Gade; — men — saa indhylledes jeg ganske i den dybe drømmefri Søvn, som kun falder i den onde Samvittigheds Lod, medens man er meget ung. —

—Jeg var i Sadlen aarle den næste Morgen.

Om Fanden havde faaet Sko paa, ved jeg ikke; men jeg maa formode det; thi hans Inspektører var i sine Støvler, og de knirkede forbi mig — — der jeg sad i min Elendighed med Ansigtet mod Muren. En Professor gik omrking i Værelserne og betragtede Offerdyrene. Stundom nikkede han med et opmuntrende Smil, naar hans Øie faldt paa en af hine jammerlige Spytslikkere, der besøge Forelæsninger: men da han opdagede mig, veg Smilet og hans iskolde Blik skrev paa Muren over mit Hoved: M e n e — m e n e — E l e n d i g e ! — j e g k j e n d e r d i g i k k e !

Et Par Inspektører knirkede hen til Professoren og logrede; jeg hørte dem hviske bag min Stol, medens jeg skar Tænder i stille Raseri ved Tanken om, at disse Uslinger havde Betaling for ja endog ligefrem gjorde sig et Levebrød af at pine mig og nogle af mine bedste Venner.

Døren gik op; der faldt et gulskimlet Lys ind over de blege Ansigter; det mindede om „Terrorismens Offere" i Luxembourg. Saa blev det atter mørkt, og den sorte Udsending gled gjennem Rummet som en Flaggermus (paa Svensk: Läderlapp) med det famøse hvide Blad i Kloen.

Han læste.

Aldrig i mit Liv har jeg været mindre oplagt til at hoppe; og dog gik der et Sæt i mig ved de første Ord: — „Abekatten!" — havde jeg nær raabt høit; thi ham var det; det var skinbarligt Kaffeflækken Pag. 496. Opgaven dreiede sig netop om det, jeg med saa stor Energi havde læst om Natten.

Og jeg skrev afsted. Efter en kort, men overlegen Indledning anbragte jeg det velklingende: Man kunde saaledes vistnok formene — og ilede ned den venstre Side, med usvækket Kraft nedover den høire, jeg naaede Abekatten, fór forbi ham, begyndte at famle, — og saa kunde jeg ikke et Ord mere.

Jeg følte, der manglede noget; men jeg vidste, det kunde ikke nytte at spekulere; hvad man ikke kan, det kan man ikke. Altsaa satte jeg Punktum og gik længe før nogen af de andre vare halvfærdige.

Han er steget af, tænkte mine Lidelsesfæller, eller ogsaa har han hoppet udenfor! — thi det var en svær Opgave. —

— „Se — se!" — sagde Advokaten, mens han læste, „du er bedre end jeg troede! — dette er jo den rene Schweigaard. Du har udeladt det sidste Punkt; men det gjør ikke saameget; man ser, du er inde i disse Ting. Men hvorfor var du da saa ynkeligt bange for Processen igaar?" —

„Jeg kunde ingenting."

Han lo: „Er det da inat, du har lært Proces?"

„Ja!"

„Har Nogen hjulpet dig?"

„Ja!"

„Det maa være en Pokkers Manuduktør, som kan faa saa megen Jus ind i din Skalle paa en Nat. Maa jeg spørge, hvad det var for en Troldmand?"

„En Abekat!" — svarede jeg.

EN GOD SAMVITTIGHED

Udenfor Advokat Abels Haveport holdt en liden, elegant Vogn forspændt med to fede, blanke Heste.

Paa Seletøiet fandtes der hverken Sølvbeslag eller andet Metal, alt var mat sort, og alle Spænder vare overtrukne. I Lakeringen paa Vognen var der en liden Skygge af mørkegrønt, Hynderne havde en beskeden støvgraa Farve, og det var først paa nært Hold, man opdagede, at Betrækket var af den sværeste Silke. Kusken saa ud som en engelsk Præst — i sort tætknappet Frak med en liden opstaaende Krave og stivt hvidt Halsbind.

Fru Warden, som sad alene i Vognen, bøiede sig fremover og lagde Haanden paa det Elfenbens Haandtag; hun steg slangsomt ud, trak den lange Kjole efter sig og lukkede omhyggeligt Vogndøre.

Man kunde undre sig over, at Kusken ikke steg af, for at hjælpe; de fede Heste saa ikke ud, somom de vilde finde paa Galskaber, om han slap Tøilerne.

Men naar man betragtede dette urolige Ansigt med de værdige, graasprængte Whiskers, forstod man strax, at det var en Mand, som vidste, hvad han gjorde, og aldrig forsømte noget af sin Pligt.

Fru Warden passerede gjennem den lille Have foran Huset og traadte ind i Havestuen. Døren til det næste Værelse stod halvaaben, og derinde saa hun Husets Frue ved et stort Bord bedækket med Bunker lyst Tøi og spredte Nummere af „Bazaren".

„Ah! — hvor du kommer beleiligt — søde Emilie!" — raabte Fru Abel, „jeg er ganske fortvivlet over Syjomfruen; hun kan ikke finde paa noget nyt. Og her sidder jeg nu og søger i „Bazaren". Kjære! læg til Shawl og kom og hjælp mig; — det er en Spadserekjole!"

„Jeg nok lidet skikket til at hjælpe dig, hvis det gjælder Pynt," svarede Fru Warden.

Den gode Fru Abel stirrede paa hende; der var noget foruroligende i Tonen, og hun havde en umaadelig Respekt for sin rige Veninde.

„Du husker vist, jeg fortalte dig forleden, at Warden havde lovet mig — det vil sige" — rettede Fru Warden sig selv — „han havde bedet mig bestille en ny Silkekjole" —

„Hos Madame Labiche — ja vist!" — afbrød Fru Abel, „og nu er du formodentlig paa Veien til hende? — Aa tag mig med! — det er saa morsomt!"

„Jeg kjører ikke til Madame Labiche" — svarede Fru Warden næsten høitideligt.

„Men Gud! — hvorfor ikke?" — spurgte hendes Veninde og gjorde sine gode, brune Øine cirkelrunde af Forbauselse.

„Ja — jeg skal sige dig" — svarede Fru Warden, „jeg synes ikke, at vi med god Samvittighed kan give saa mange Penge ud til unødig Stads, naar vi vide, at i Byens Udkanter — i selve den By, hvor vi bo, lever der Fork i hundredevis, som lide Nød — bogstavelig talt: N ø d !"

„Ja — men" — indvendte Fru Able og kastede et usikkert Blik henover sit Bord, „det er nu engang saa her i Verden; vi ved jo, at Uligheden" —

„Vi bør vogte os for at forøge Uligheden, og heller gjøre, hvad vi kan for at udjævne den," afbrød Fru Warden. Og det forekom Fru Abel, at hendes Veninde kastede et misbilligende Blik henover Bordet, Tøierne og „Bazaren".

„Det er jo bare Alpacca" — indskjød hun frygtsomt.

„Gud bevares — Caroline!" raabte Fru Warden, „tro endelig ikke, at jeg bebreider dig noget. Det er jo Ting, som saa ganske afhænge af hvert Menneskes Opfatning; — enhver faar handle saaledes, som han synes, han kan forsvare det overfor sin Samvittighed."

Samtalen førtes endnu en Stund; og Fru Warden fortalte, at det var hendes Hensigt at kjøre ud i den usleste af Forstæderne, for med egne Øine at forvisse sig om Tilstanden blandt de Fattige.
Den foregaaende Dag havde hun læst en Aarsberetning fra et privat Velgjørenhedsselskab, hvoraf hendes mand var Medlem. Hun havde med Vilje undladt at søge Oplysning hos Politiet eller Fattigvæsenet; det var netop hendes Hensigt selv — personlig at opsøge Armoden, lære den at kjende og saa hjælpe.
Damerne skiltes lidt koldere end sædvanligt. De vare begge i en alvorlig Stemning.
Fru Abel forblev i Havestuen; hun følte slet ikke længer nogen Lyst til at tage fat paa Spadserekjolen igjen, — skjønt Tøiet virkelig var saa smukt. Hun hørte den bløde Lyd af Vognen, som rullede bort paa den glatte Vei i Villakvarteret.
„Hvilket godt Hjerte Emilie har" — sukkede hun.
Intet kunde nu være mere fjernt fra den godmodige Frues Karakter end Misundelse; og alligevel — det var med en Følelse af den Art, hun idag saa efter den lette Vogn. Men om det var Venindens gode Hjerte eller den nydelige Vogn, hun misundte hende, var ikke godt at vide.
Kusken havde sin Ordre, den han havde modtaget uden at fortrække en Mine; og da der ikke fandtes Indvendinger i hans Mund, kjørte han dybere og dybere ind i de forunderligste Gader i Fattigkvarteret med et Ansigt, somom han kjørte til Hofbal.
Endelig fik han Befaling til at stanse, og det var ogsaa paa høi Tid. Thi Gaden blev trangere og trangere, og det saa ud, somom de fede Heste og den fine Vign om et Øieblik vilde blive siddende fast som en Prop i en Flaskehals.
Den Urokkelige viste intet Tegn paa Ængstelse, skjønt Situationen i Virkeligheden var fortvivlet. Et vittigt Hoved, som stak ud af et Tagvindu, anbefalede ham endogsaa at slagte Hestene paa Stedet, da de dog aldrig kunde komme levende ud igjen.
Fru Warden steg ud og bøiede ind i en endnu trangere Gade; hun vilde opsøge det værste.
I en Dør stod en halvvoxen Pige; Fruen spurgte: „Bor her meget fattige Folk i dette Hus?"
Pigen lo og svarede noget, idet hun strøg tæt forbi i den trange

Dør. Fru Warden forstod ikke, hvad hun sagde; men hun fik et Indtryk af, at Pigen havde sagt noget stygt. Hun traadte ind i det første Værelse, hun traf.

Det var ikke noget nyt for Fru Warden, at fattige Folk aldrig holde sine Rum tilstrækkeligt udluftede. Men hun blev alligevel saa betagen af den Atmosfære, hun begyndte at indaande, at hun var glad ved at faa sætte sig paa Ovnbænken.

Der var noget i den Haandbevægelse, hvormed Konen i Stuen strøg de Klær, som laa paa Bænken, ned paa Gulvet, og i det Smil, hvormed hun indbød den fine Dame til at tage Plads, som var paagaldende for Fru Warden. Det gjorde Indtryk af, at den stakkels Kvinde havde kjendt bedre Dage; — skjønt hendes Bevægelser vare mere feiende end egentlig fine og Smilet langtfra behageligt.

Det lange Slæb af Fruens perlegraa Visitkjole laa udover det sorte Gulv, og idet hun bøiede sig og trak det til sig, maatte hun selv tænke paa et Udtryk hos Heine: „hun saa ud som en Bonbon, der er faldet i Sølen."

Samtalen begyndte og førtes som det Slags Samtaler pleie at føres. Om hver var forblevet i sit Sprog og inden sin Tankegang, vilde disse to Kvinder ikke have forstaaet et Ord af hinanden.

Men da den Fattige altid kjender den Rige saameget bedre end den Rige kjender den Fattige, saa har denne sidste tilegnet sig et eget Sprog — en egen Tone, som Erfaring har lært ham at bruge, naar det gjælder at blive forstaaet; — det vil sige forstaaet saaledes, at den Rige faar Lyst til at være velgjørende. Nærmere hinanden kunne de aldrig komme.

Dette Sprog forstod den fattige Kone til Fuldkommenhed, og Fru Warden havde snart et Omrids af hendes elendige Tilværelse. Hun havde to Børn — en Gut paa fire, fem Aar, som laa paa Gulvet, og et lidet Barn ved Brystet.

Fru Warden betragtede det lille graaagtige Væsen og kunde ikke begribe, at det allerede var tretten Maaneder gammelt. Selv havde hun hjemme i Vuggen en liden Kolos paa syv Maaneder, som var mindst en halv Gang saa stor.

„De maaa give Barnet noget styrkende" — sagde hun; der foresvævede hende noget om Kindermehl og Appelsingelé.

Ved Ordene „noget styrkende" reiste der sig et lurvet Hoved i Sengehalmen; det var en bleg huløiet Mand med et stort Uldtørklæde om Hovedet.

Fru Warden blev ræd. „Deres Mand?" — spurget hun.

Den fattige Kone svarede ja —, det var hendes Mand. han var ikke

33

gaaet paa Arbeide idag, fordi han havde saadan Tandpine.
Fru Warden havde selv havt Tandpine og vidste, hvor ondt det er.
Hun udtalte nogle Ord af oprigtig Medfølelse.

Manden mumlede noget og lagde sig ned igjen og idetsamme
opdagede Fruen en Person, hun ikke før havde bemærket.
Det var en ganske ung Pige, som sad i Krogen paa den anden Side
af Ovnen. Hun stirrede et Øieblik paa den fine Dame; men trak
strax Hovedet til sig og bøiede sig forover med Ryggen næsten
vendt mod den Fremmede.

Fru Warden tænkte, at den unge Pige havde et Haandarbeide i
Fanget, som hun vilde skjule; kanske var det noget gammelt Tøi,
hun sad og lappede.

„Men hvorfor ligger den store Gut paa Gulvet?" — spurgte Fruen.

„Han er lam" — svarede Moderen. Og nu fulgte en omstændelig
Beskrivelse og megen Lamenteren over den stakkels Gut, som var
bleven lam i Hofterne efter Skarlagensfeberen.

„De maa kjøbe ham" — begyndte Fru Warden — „en Rullestol" —
vilde hun have sagt. men det faldt hende ind, at det var bedre, hun
kjøbte en selv. Det var ikke gavnligt, at Fattige faa mange Penge
mellem Hænderne; men noget vilde hun dig give Konen strax. Thi
her vilde hun hjælpe, her var virkelig Trang tilstede; og hun greb i
Lommen efter sin Portemonnaie.

Den var der ikke. Det var ærgeligt — den maatte ligge i Vognen.

Netop som hun vilde beklage sit Uheld for Konen og love hende at
sende Penge senere, gik Døren op og en velklædt Herre traadte
ind. hans Ansigt var meget fyldigt og af en egen tør Bleghed,
somom han spiste Mel.

„Fru Warden! — formoder jeg" — sagde den fremmede Herre, „jeg
traf Deres Vogn oppe i Gaden; og her bringer jeg Dem —
formodentlig Deres Portemonnaie?"

Fruen saa paa den, jo — ganske rigtigt, det var hendes; paa den
glatte Elfenbens Flade stod E. W. indlagt med sort.

„Jeg saa den tilfældigvis, idet jeg dreiede om et Hjørne, i
Hænderne paa en Pige — en af de værste i Kvarteret" —
forklarede den Fremmede; „jeg er Fattigforstander i Distriktet" —
lagde han til.

Fru Warden takkede, skjønt Manden ingenlunde behagede hende.
Men da hun atter vendte sig mod Stuen, blev hun ganske
forskrækket over den Forandring, som med ét var foregaaet med
Beboerne.

Manden sad overnde i Sengen og gloede paa den fede Herre,

Konen havde faaet et stygt Smil, og om det var saa den lille lamme
Stakkel, saa havde han væltet sig mod Døren, og støttet paa sine
tynde Arme stirrede han op som et lidet Dyr.

Og i alle disse Øine var der det samme Had, den samme
kampfærdige Trods, og det kjendtes for Fru Warden, somom der
lagde sig uhyre Afstande mellem hende og den stakkels Kvinde,
med hvem hun netop havde talt saa aabent og fortroligt.

„Saa du ser slig ud idag — Martin!" sagde Herren med en ganske
ny Stemme, „jeg kunde tænke, at du var med inat. Jaja! —
ieftermiddag kommer de efter dig; du skal indsættes paa to
Maaneder."

Pludseligt — som et Vandfald brød det løs: Manden og Konen i
Munden paa hinanden, Pigen bag Ovnen kom frem og stemte i, den
Lamme skreg og væltede sig, — Ord kunde ikke skjelnes, men
Lyden, Øinene, Hænderne — det var somom den lille kvalme Stue
maatte sprænges af den vilde Lidenskab, sm exploderede.

Fru Warden blev bleg og reiste sig; Herren aabnede Døren og
begge skyndte sig ud. I Gangen hørte hun en
skrækkelig Furentimmerlatter bag sig. Det maatte være Konen, —
den samme Kone, der havde talt saa blidt og mismodigt om de
stakkels Bøn.

Hun følte halvveis Uvilje mod den Mand, som havde fremkaldt den
rystende Forandring, og da de nu fulgtes opover Gaden, hørte hun
paa ham med et koldt, fornemt Udtryk.

Men lidt efter lidt forandredes hendes Minde; der var i
Virkeligheden saa meget i, hvad han sagde.

Fattigforstanderen talte om, hvor godt det gjorde ham at se, at en
Dame som Fru Warden havde saa meget Hjerte for de stakkels
Fattige. Var det end at beklage, at selv den mest velmente Hjælp
saa fote kom i uheldige Hænder, saa var det dog altid noget skjønt
og opløftende, at en Dame som Fru Warden —

„Men" — afbrød hun, „trænger da ikke disse Mennesker i høi Grad
til Hjælp? — Jeg fik det Indtryk, at specielt Konen engang har seet
bedre Dage, og at hun — hvis hun itide blev hjulpen — muligvis
kunde hæves op igjen."

„Det gjør mig ondt at maatte sige Dem — Frue! at hun har været et
meget berygtet offentligt Fruentimmer," sagde Fattigforstanderen
i en mild, beklagende Tone.

Det gøs i Fru Warden.

Med et saadant Fruentimmer havde hun talt — og talt om Børn;
hun avde endog nævnt sit eget Barn, som laa hjemme i sin rene

Vugge. Det var næsten, somom hun maatte skynde sig hjem og se, om det var lige sundt og rent.

„Og den unge Pige?" — spurgte hun frygtsomt.

„Ja — Fruen bemærkede vel hendes hm! hendes Tilstand?"

„Nei — De mener?"

Den fede Herre hviskede nogle Ord.

Fru Warden fór sammen: „Men Manden! — Manden i Huset?"

„Ja — Frue! det gjør mig ondt at maatte fortælle Dem det; men De kan tænke Dem, at disse Mennesker" — og han hviskede igjen.

Det var for meget for Fruen. Hun blev næsten svimmel og tog imod Herrens Arm. De gik nu hurtigt henimod Vognen, som holdt lidt længer borte, end hun havde forladt den.

Thi den Urokkelige havde udført et Kunststykke, som selv de vittige Hoved havde anerkjendt med en udsøgt Ed.

Efter en tidlang at have siddet stille som et Lys paa Bukken, havde han ladet de Fede gaa Skridt for Skridt tilbage, indtil der kom en liden Udvidelse af Gaden — umærkelig for alle andres Øine en en udlært Herskabskusks.

En hel Yngel af lurvede Børn sværmede om Vognen og gjorde, hvad de kunde, for at bringe de Fede ud af Fatning. Men den Urokkeliges Aand var i dem.

Og efterat han med et roligt Blik havde maalt Afstanden mellem to Trappetrin paa hver Sid af Gaden, lod han de Fede langsomt og Skridt for Skridt gjøre en Vending — saa skarp, saa knap, at det saa ud, somom den fine Vogn maatte brydes i Stumper og Stykker, men saa akkurat, at der ikke var en Tomme hverken formeget eller forlidet paa nogen Kant.

Nu sad han atter rank som et Lys og maalte endnu engang med Øinene Afstanden mellem Trappetrinene. Han noterede endog i sin Hukommelse Nummeret paa den Politibetjent, der havde overværet Kunststykket, for at have et Vidne at paaberaabe sig, om hans Beretning ikke skulde blive troet i Stalden.

Fru Warden lod sig hælpe i Vognen af Fattigforstanderen. Hun bad ham se indom den følgende Dag og gav han sin Adresse.

„Til Advokat Abel!" — raabte hun til Kusken; den fede Herre blottede sit Hoved met et melet Smil, og Vognen rullede bort.

Efterhvert som de fjernede sig fra den fattige Bydel, blev Vognens Bevægelser roligere og Farten øgede. Og da de kom ud paa den brede beplantede Vei, som førte gjennem Villakvartalet, snøftede de Fede med Velbehag i den rette fine Luft fra HAverne, og den Urokkelige slog uden nogensomhelst Nødvendighed tre

36

kunstmæssige Pragtsmæld.

Ogsaa Fru Warden kjendte, hvor godt det gjorde hende at komme ud igjen i frisk Luft. Hvad hun havde oplevet og endnu mere, hvad hun havde hørt af Fattigforstanderen, havde lagt sig næsten bedøvende over hende. Hun begyndte at klare for sig selv den imaadelige Afstand mellem hende og disse Mennesker.

Det var ofte forekommet hende som et altfor tungt, ja næsten haardt Sted — dette: mange ere de Kaldede, men faa de Udvalgte. Nu forstod hun, at det m a a t t e være saa.

Hvorledes skulde Mennesker — i den Grad forvorpne kunne hæve sig til en moralsk Høide, der blot nogenlunde kunde svare til de strenge Fordringer. Hvorledes maatte der se ud i disse Elendiges Smavittighed! — og hvorledes skulde de vel kunne modstaa Livets mangehaande Fristelser!

Hun vidste selv, hvad Fristelse var! — havde hun ikke en at kjæmpe mod — kanske den farligste af dem alle! — Rigdommen, om hvilken der staar skrevet saa haarde Ord.

Hun gyste ved Tanken om, hvorledes det vilde gaa, hvis dette Dyr af en Mand og disse elendige Kvinder pludselig fik en Rigdom ihænde.

Isandhed Rigdommen var ingen ringe Prøvelse. Det var ikke længer siden end iforgaars, at hendes Mand havde fristet hende med en liden prægtig Tjener — en fuldstændig engelsk Groom. Men hun havde staaet imod og svaret:

„Nei Warden! — det er ikke Ret; jeg vil ikke have Tjener paa Bukken. Vi ere kanske rige nok til det; men lad os vogte os for Overdaadighed. Jeg kan saamænd godt hjælpe mig selv ud og ind af Vognen, og Kusken skal heller ikke stige af for min Skyld."

Det gjorde hende godt at tænke paa dette nu; og hendes Øine dvælede med Velbehag ved den tomme Plads paa Bukken ved Siden af den Urokkelige.

Fru Abel, som gik og ryddede Bazarer og Tøistykker bort af det store Bord, blev overrasket ved at se sin Veninde saa snart tilbage.

„Nu — Emilie! er du allerede der! Jeg sagde netop til Syjomfruen at hun kunde gaa igjen. Hvad du før forklarede mig, har ganske betaget mig Lysten til den nye Kjole; jeg kan jo ogsaa nok hjælpe mig uden" — sagde den gode Fru Abel; men hendes Læber dirrede lidt, medens hun talte.

„Enhver faar jo handle efter sin Samvittighed," svarede Fur Warden stille, „men jeg tror ogsaa, at man kan være for skrupuløs."

Fru Abel saa op, det hvad hun ikke ventet.

„Ja hør nu, hvad jeg har oplevet," sagde Fru Warden og begndte at fortælle.

Hun skildrede det første Indtryk af det kvalme Rum og de forkomne Mennesker; dernæst omtalte hun Tyveriet af Portemonnaien.

„Ja min Mand paastaar nu altid, at det Slags Mennesker ikke kan lade være at stjæle," sagde Fru Abel.

„Jeg frygter, din Mand har mere Ret end vi tror," svarede Fru Warden.

Saa berettede hun om Fattigforstandere og om den Utaknemlighed, som disse Folk havde lagt for Dagen overfor ham, som dog dagligt drog Omsorg for dem.

Men da hun kom til det, hun havde hørt om den fattige Kones Fortid og endnu mere, da hun fortalte om den unge Pige, blev den gode Fru Abel saa betagen, at hun maatte bede Pigen bringe Portvin.

Idetsamme Karaffelopsatsen blev bragt ind, hviskede Fru Abel til Pigen: „Lad Syjomfruen vente."

„Og saa kan du tænke dig," fortsatte Fru Warden, „— ja det er næsten ikke muligt at fortælle" — og hun hviskede:

„Hvad siger du! — i én Seng! — allesammen! — men det er jo oprørende!" — raabte Fru Abel og slog Hænderne sammen.

„Ja — for en Time siden vilde hellerikke jeg have troet saadant muligt," svarede Fru Warden, „men naar man selv har været paa Stedet og personlig forvisset sig om" —

„Gud! — at du vovede dig derud — Emilie!"

„Jeg er glad, at jeg har gjort det; og endmere maa jeg prise den lykkelige Tilskikkelse, at Fattigforstanderen kom just i rette Tid. Thi ligesaa opløftende som det er at hjælpe den dydgie Armod, der i al sin Tarveighed lever rent og nøisomt; — ligesaa oprørende vilde det have været, om jeg havde bidraget til at tilfredsstille saadanne Menneskers onde Tilbøieligheder."

„Ja du har Ret — Emilie! — jeg kan bare ikke forstaa, hvorledes Mennesker i et kristent Samfund — døbte og konfirmerede — kunne blive saaledes! De har jo hver Dag — ialfald hver eneste Søndag Anledning til at høre kraftige, indtrængende Prækener; og en Bibel skal — efter hvad jeg har hørt — være at faa for en utrolig ringe Pris."

„Ja — og naar vi saa tænke os," — tilføiede Fru Warden, „at ikke engang Hedningerne, — som ere uden alle disse Goder, — at ikke de engang have nogen Undskyldning; — thi de har jo

Samvittigheden." —

„Og den taler sandelig høit nok for hver den, som v i l høre" —
udbrød Fru Abel med Kraft.

„Ja — det ved Gud, den gjør," svarede Fru Warden og saa hen for
sig med et alvorligt Smil.

Da Veninderne skiltes, omfavnede de hinanden hjerteligt.

— Fru Warden lagde sin Haand paa det Elfenbens Haandtag, sted
ind i Vognen og trak sin lange Kjole efter sig. Derpaa lukkede hun
Vogndøren — ikke med et Smæld men langsomt og omhyggeligt.
„Til Madame Labiche!" — raabte hun til Kusken; og idetsamme
vendte hun sig mod Veninden, der var fulgt helt ned til
Haveporten, og sagde med et stille Smil: „Nu kan jeg dog
Gudskelov med god Samvittighed vestille min Silkekjole."

„Ja det ved Gud, du kan!" — svarede Fru Abel og saa efter hende
med Taarer i Øinene. — Derpaa skyndte hun sig ind.

PRÆSTEGAARDEN

Det saa ud, somom det aldrig vilde blive Vaar. Hele April gik hen
med Nattefrost og Nordenvind. Midt paa Dagen skinnede Solen saa
varmt, at enkelte store Fluer begyndte at surre omkring, og
Lærken forsikrede høit og helligt, at det var fuld Sommer.

Men Lærken er den upaalideligste Skabning, som findes under
Himmelen. Om den frøs aldrig saameget om Natten, var det glemt
ved den første Solstraale; og den steg syngende høit over Heden,
indtil den huskede, at den var sulten.

Saa dalede den langsomt i store Kredse, sang og svirrede i Takt
med Vingerne. Men et Stykke fra Jorden lagde den Vingerne
sammen og faldt som en Sten ned imellem Lyngen.

Viben gik med smaa Skridt mellem Tuerne og duppede
betænksomt med Hovedet. Den stolede ikke stort paa Lærken og
gjentog sit forsigtige: „Bi litt! — bi litt!" Et Par Stokænder laa og
rodede i et Myrhul, og den ældste af dem mente, at det blev ikke
Vaar, før der kom Regn.

Langt ude i Mai vare Markerne endnu gule; kun hist og her i
Solbakkerne var det begyndt at grønnes. Men naar man lagde sig
ned paa Jorden, kunde man se en Mængde Smaaspirer — nogle
tykke, andre saa tynde som grønne Stoppenaale, — der stak
Hovederne forsigtigt op af Mulden. Men Nordenvinden strøg saaa

39

kold henover dem; de blev gule i Spidserne og saa helst ud, somom de havde Lyst til at krybe ned igjen.

Men det kunde de ikke, og saa stod de stille og ventede, — spirede bare saa smaat i Middagssolen.

Stokanden fik Ret: der maatte Regn til. Og tilslut kom det — først koldt, men lidt efter lidt varmere, og da det var forbi, kom Solen for Alvor. Og nu var den ikke til at kjende igjen; den varmede helt fra den tidlige Morgenstund til langt udpaa Aftenen, saa at Nætteren bleve lune og fugtige.

Der opstod en uhyre Travelhed; al Ting var forsinket, og det gjaldt at tage det igjen. Bladene brød ud af de fulde Knopper med et lidet Smæld, og alle de smaa og store Spirer tog en svær Fart. De skjød ud en Stilk — snart til den ene, snart til den anden Side, — saa fort, somom de sprællede med grønne Ben. Markerne bleve spraglede af Blomster og Ugræs, og Lyngbakkerne nedimod Havet begyndte at lysne.

Kun den gule Sand langsmed Stranden holdt sig som før; den har ingen Blomster at pynte sig med, al dens Stads er Marehalmen. Derfor samler den store Sanddynger omkring, saa de lange, bløde Straa svaie som en grøn Fane fra høie Tuer, der sees vidt udover Stranden.

Dernede løb Strandrylerne omkring saa fort, at Benene saa ud som et Stykke Finkam. Maagerne gik i Stranden, hvor Bølgerne slog dem over Benene. De holdt sig alvorlige, trykkede Hovedet ned og satte Maven frem som gamle Damer i stygt Føre.

Kjælden stod med Hælene sammen i sine trange Buxer med sort Snipkjle og hvid Vest.

„Til By'n! til By'n!" raabte han; og hvergang gjorde han et kvikt lidet Buk, saa at Kjoleskjøderne svippede op bag.

Oppe i Lyngen fløi Viben og flaksede. Vaaren var kommen saa pludseligt over hende, at der ikke havde været Tid til at søge nogen god Redeplads. Nu havde hun lagt Æggene midt oppe paa en flad Tue. Det var rent galt, hun skjøndte det godt; men nu fik det staa til.

Lærken lo af det hele. Men SPurvene var ganske fortumlede af Hastværk. De var ikke halvfærdige. Nogle havde ikke engang Rede, andre havde lagt et eller to Æg; men Størsteparten havde siddet i ugevis paa Fjøstaget og kjæglet om Almanakken.

Nu vidste de ikke, hvor de skulde begynde af bare Iver. De samlede sig i en stor Rosenbusk ved Præsten Havegjærde, snakkede og skraalte i Munden paa hverandre. Hannerne pustede sig op, saa at alle Fjærene stod bent ud; Halen stak de tilveirs paaskjøns, saa de saa ud som smaa graa Nøster med en Pinde i; de trtillede nedad Grenene og hoppede henover Marken.

Med ét fór to i Brystet paa hinanden. De andre styrtede til, alle de smaa Nøster blev til et stort. Det rullede frem under Busken, steg med stort Spektakel et Stykke i Veiret, derpaa faldt den hele Klump til Jorden og gik istykker. Og uden at give en Lyd fra sig fløi med en Gang alle Nøsterne hver sing Vei, og et Øieblik efter var der ikke en Spurv at se paa hele Præstegaarden.

Den lille Ansgarius havde betragtet Spurveslaget med levende Interesse. Thi for ham var det et stort Slag med Indhug og Rytterfægtninger. Han læste Verdenshistorie og Norges Historie med sin Fader, og derfor blev alt, hvad der foregik paa Gaarden, krigersk paa en eller anden Maade. Naar Køerne kom hjem og Aftenen, var det store Troppemasser, som nærmede sig; Hønsene var Borgevæbningen, og Hanen var Borgermester Nansen.

Ansgarius var en flink Gut, som kunde sine Aarstal paa Fingrene; men han havde ingen Forestilling om Tidsafstanden. Derfor blandedes Napoleon og Erik Blodøxe og Tiberius om hinanden; og paa Skibene, som seilede forbi ude paa Havet, kjæmpede Tordenskjold snart med Vikinger snart med den spanske Armada.

Bag Lysthuset i et hemmeligt Hul gjemte han et rødt Kosteskaft, som her Bukeflaus. Det var hans Lyst at sprænge omkring i Haven med sin Ganger mellem Benene og en Blomsterpind i Haanden.

Lidt bortenfor Haven var der en Houg, hvor der groede nogle Smaatræer; her kunde han iskjul speide vidt ud over de flade Lyngvidder og det store Hav.

Det slog aldrig feil, at en eller anden Fare var i Anmarsch; enten fordægtige Baade ved Strangen eller vældige Rytterskarer, som nærmede sig saa listigt, at det saa ud bare som en eneste Hest. Men Ansgarius gjennemskuede den lumske Plan; han kastede Bukefalus om, jog nedad Hougen, gjennem Haven og svingede i Gallop ind i Gaarden. Hønsene skreg, somom de skulde slagtes, og Borgermester Nansen fløi lige mod Præstens Kontorvindu. —

Præsten skyndte sig frem og fik netop se Halen af Bukefalus, idet Helten svingede om Fjøshjørnet, hvor han skulde forberede Forsvaret.

Der er en sørgelig Vildskab i den Gut — tænkte Præsten. Alle disse krigerske Lyster huede ham sletikke. Ansgarius skulde blive en Fredens Mand, som Præsten selv var det; og det gjorde ham ligefrem ondt at se med hvilken Lethed Gutten lærte og tilegnede sig alt, hvad der handlede om Kamp og Krig.

Stundom prøvede han at skildre det fredelige Liv hos de gamle Folk eller hos fremmede Nationer. Men det gjorde liden Lykke. Ansgarius holdt sig til det, som stod i Bøgen; og her gik det fra Krig til Krig, Folkene vare ikke andet end Soldater, Heltene vadede i Blod, — og det var forgjæves Arbeide, naar Præsten prøvede at vække Medfølelse hos Gutten med dem, hvis Blod de vadede i.

En enkelt Gang kunde det falde Præsten ind, og det kanske havde været bedre fra først af at fylde det unge Hoved med fredsommeligere Idéer og Billeder end rovlystne Kongers Kampe eller vore Forfædres Snigmord og Overfald. Men saa huskede han, at han jo selv havde lært det samme i sin Barndom, altsaa maatte det være rigtigt. Ansgarius skulde nok blive en Fredens Mand alligevel — og blev han det nu ikke?

„Nuvel — alt staar i Herrens Haand!" — sagde Præsten tillidsfuldt og tog atter fat paa sin Prædiken. —

— „Du glemmer nok rent Frokosten idag — Far!" — sagde et blondt Hoved indad Døren.

„Ja du har Ret — Rebekka! jeg er jo en hel Time for sent," svarede Faderen og gik strax ind i Dagligstuen.

Fader og Datter satte sig til Frokostbordet. Ansgarius havde altid Lørdagen til sin Raddighed, da Præsten var optaget med sin Prædiken.

Man skulde ikke lettelig finde to Mennesker, der passede bedre for hinanden, og som levede et inderligere Venskabsforhold end Præsten og hans attenaarige Datter. Moderløs var hun voxet op. Men der var i den blide, sagtmodige Fader saa meget af en Kvinde, at den unge Pige, der kun mindedes Moderen som et blegt Ansigt, der smilede, snarere følte Tabet som en vemodig Sorg end som et bittert Savn.

Og for ham udfyldte hun mere og mere, mens hun modnedes, den Tomhed, der var kommen i hans Sind; og al den Ømhed, som ved Hustruens Død var bleven saa tilhyllet af Sorg og Savn, den lagde han nu omkring den unge Kvinde, som voxede op under hans Hænder, og Smerten mildnedes og der kom Fred i hans Indre.

Derfor kunde na næsten blive noget af en Moder for hende. Fra sit stille, rene Standpunkt lærte han hende Livet at kjende. Det blev den bedste Del af hans Livsmaal at omhegne og værge hendes skjære og fine Natur mod atl det urene, — alt det urolige der gjør Verden saa forvirret, saa farlig og saa vanskelig at komme igjennem.

Naar de stod sammen paa Bakken ved Præstegaarden og saa udover det oprørte Hav, sagde han: „Se — Rebekka! saaledes ser Livet ud, — det Liv, hvor Verdens Børn tumle sig; hvor urene Lidenskaber løfte og sænke den skrøbelige Baad, for tilslut at bedække Stranden med Vragstumper. Kun den, der bygger stærke Volde om et rent Hjerte, kan trodse Stormen, — og Bølgerne brydes matesløse for hans Fod."

Rebekka klyngede sig til Faderen; hun følte sig saa tryg hos ham. Der var en saadan Klarhed over alt, hvad han sagde, at der skinnede som et Lys foran hende, naar hun tænkte fremover i Livet. Hun fik Svar paa alle sine Spørgsmaal; Intet var ham for høit, Intet for ubetydeligt. De udvexlede sine Tanker utvungent næsten som Broder og Søster.

Men alligevel var der et dunkelt Punkt mellem dem. I alle andre Ting gik hun lige paa Faderen med sine Spørgsmaal; her maatte hun gjøre Omveie, gaa udenom noget, som hun drog aldrig kom forbi.

Hun kjendte Faderens store Sorg og vidste, hvilken Lykke han havde eiet og mistet. Med inderlig Medfølelse fulgte hun de Elskendes vexlende SKjæbne i de Bøger, hun læste høit om Vinteraftenerne; hendes Hjerte fattede, at Kjærligheden, som giver den største Lykke, ogsaa kan volde den dybeste Smerte. Men udenfor den ulykkelige Kjærlighed var der noget andet — noget skrækkeligt, som hun ikke forstod. Gjennem Elskovens Paradis syntes hun stundom, der gled dunkle Skikkelser — fornedrede og skamfulde. Sammen med Kjærligheden — det hellige Ord — nævntes den værste Skam og den største Elendighed. Der hændte undertiden Ting blandt Mennesker, hun kjendte, som hun ikke vovede at tænke paa; og naar Faderen i strenge, men varsomme Ord havde talt om Sædernes Fordærvelse, generede hun sig en lang Stund for at se paa ham.

Han mærkede det og glædede sig derover. Saa ren, saa skjær havde han ladet hende voxe op; saa fjernt havde han holdt alt, hvad der kunde forstyrre hendes barnlige Uskyld, at hendes Sjæl var som en skinnende Perle, ved hvilken intet Smuds kunde hæfte sig.

Maatte han nu ogsaa faa beholde hende saaledes! —

Saalænge han selv vaagede over hende, skulde intet ondt nærme sig. Og om han kaldtes bort, saa havde han dog medgvet hende en Rustning for Livet, som skulde komme hende tilgode paa Kampens Dag. Og en Kampens Dag maatte der vel komme. Han saa paa hende med et Blik, hun ikke forstod, og sagde med sin stærke Tillid: „Jaja! — alt staar i Herrens Haand!" —

„Har du ikke TId til at gaa en Tud med mig idag — Far?" — spurgte Rebekka, da de havde spist.

„Jo — ved du hvad! — det kunde jeg vist have godt af. Veiret er deiligt og jeg har arbeidet saa flittigt, at Prædikenen er saagodtsom færdig."

De traadte ud paa Heellen foran Hoveddøren, som vendte mod den Kant, hvor Gaardens øvrige Bygninger laa. Der var den Eiendommelighed ved Præstegaarden, at Landeveien, som førte til Byen, gik lige gjennem Gaardsrummet. Præsten syntes slet ikke om dette; thi han yndede fremfor alt Ro; og uagtet Egnen var afsides nok, fulgte der dog altid lidt Liv med Byveien.

Men for Ansgarius var den Smule Færdsel og en stadig Kilde til spændende Situationer. Mens Fader og Datter stod paa Hellen og drøftede, om de skulde følge Veien eller gaa gjennem Lyngen ned til Stranden, kom pludseligt den unge Krigsmand sprængende opad Bakken og ind i Gaarden. Han var rød og forpustet, og Bukefalus var i strakt Karriere. Midt foran Husdøren holdt han sin Hest an med et kraftigt Ryk, saa der kom en dyb Stribe i Sandet, og svingende sit Sværd raabte han: „De kommer! de kommer!"

„Hvem kommer?" spurgte Rebekka.

„Fnysense, sorte Hingste og tre Stridsvogne fulde af Bevæbnede."

„Sludder — Gut!" sagde Faderen strengt.

„Der kommer tre Kaleschevogne med Byfolk," sagde Ansgarius og steg af med en flau Mine.

„Lad os gaa ind — Rebekka!" — sagde Præsten og vendte sig.

Men idetsamme kom de første Heste i hurtigt Skridt opfor Bakken. Fnysense Hingste var det vel ikke; men det var dog et smukt Syn, da Vogn efter Vogn dukkede op i Solskinnet fulde af glade Ansigter og livlige Farver. Rebekka kunde ikke lade være at blive staaende.

I den første Vogn sad en ældre Herre og en trivelig Dame i Bagsædet. Paa Forsædet saa man en ung Dame, og just som de kom ind i Gaarden, reiste den Herre sig, som sad ved Siden af hende, og med en let Undskyldning mod Fruen i Bagsædet vendte han sig helt fremover og saa forbi Kusken. Rebekka stirrede paa ham uden at vide det.

„Hvor her er deiligt!" — raabte det unge Menneske.

Thi Præstegaarden laa paa den sidste Bakke ud mod Havet, saa at den vide, blaa Horizont blev synlig med en Gang, naar man kom op i Garden.

Herren i Bagsædet strekte sig lidt frem: „Ja — her er ret vakkert; det fornøier mig, at De sætter Pris paa vor eiendommelige Natur — Hr. Lintzow."

Idetsamme mødte den unge Mand Rebekkas Øine; hun tog dem i Hast til sig. Men han stansede Kusken og raabte: „Her vil vi blive!" „Hys!" — sagde Fruen smaaleende, „det gaar ikke an — Hr. Lintzow! det er Præstegaarden."

Siger Intet! raabte den unge Herre i en lystig TOne, idet han sprang af Vognen; — „ikke sandt?" raabte han bagover mod de andre Vogne, „her slaa vi os tilro?"

„Jo — jo!" lød det i Kor, og det glade Selskab begyndte strax at stige ud.

Men da reiste Herren i Bagsædet sig og sagde alvorligt: „Nei nei! mine Venner! det gaar virkelig ikke an. Vi tør paa ingen Maade slaa os ned hos Præsten, som vi sletikke kjender. Om ti Minutter er vi hos Lensmanden, og der er de vant til at tage mod Fremmede."

Han vilde just give Ordre til at kjøre videre, da Præsten kom ud i Døren og hilste venligt. Af Udseende kjendte han Konsul Hartwig — Byens mægtigste Mand.

„Dersom Selskabet vil tage tiltakke hos mig, saa er det mig inderligt kjært; og jeg tør nok forsikre, at hvad Udsigten angaar" — „Nei — bedste Hr. Pastor! — De er altfor god; vi tør paa ingen Maade tage mod Deres venlige Tilbud, og jeg maa ligefrem bede Dem undskylde disse gale unge Mennesker" — sagde Fru Hartwig halvt fortvivlet, da hun saa sin yngste Søn, som havde siddet i den bagerste Vogn, allered efordybet i en familiær Underholdning med Ansgarius.

„Men jeg forsikrer Dem — Frue!" — svarede Præsten smilende, „at baade min Datter og jeg selv vilde være meget lykkelige ved en sa behagelig Afbrydelse i vor Ensomhed."

Hr. Lintzow aabnede Vogndøren med et høitideligt Buk, Konsul Hartwig saa paa sin Frue og hun paa ham, Præsten traadte til og fornyede sin Indbydelse, og Enden blev, at de halvt modstræbende halvt leende steg ud og lod sig af Præsten føre ind i den rummelige Havestue.

Her fulgte nu fornyede Undskyldninger og Præsentationer. Selskabet bestod af Konsul Hartwigs Børn og nogle unge Venner og Veninder af dem, og Landturen var egentlig foretagen til Ære for Max Lintzow, der som en Ven af Husets ældste Søn opholdt sig som Gjæst for nogle Dage hos Konsulens.

„Min Datter — Rebekka" — forestillede Præsten, „som vil gjøre sig

Umage for i al Tarvelighed at —"

„Nei — ved De hvad! — Hr. Pastor!" — afbrød den livlige Fru
Hartwig med stor Iver, „nu gaar det dog for vidt. Har det end
lykkedes den uforbederlige Hr. Lintzow og mine gale Sønner at
tvinge os ind i Deres Hus og Hjem, saa giver jeg dog ikke slip paa
den sidste Rest af min Myndighed. Beværtningen vil sandelig jeg
forestaa — afsted! — mine Herrer!" hun vendte sig til de Unge —
„og pak ud af Vognene. Og De — kjære Barn! — De skal saamænd
more Dem med de Unge; lad bare mig forestaa Husstellet, det er
jeg vant til."

Og den gode Kone saa paa den smukke Præstedatter med sine
trohjertige graa Øine og klappede hende paa Kinden.

Hvor det gjorde godt. Der var en egen lun Fornemmelse ved den
trivelige Frues bløde Haand. Rebekka fik næsten Taarer i Øinene;
hun stod, somom hun ventede, at den fremmede Dame vilde tage
hende om Halsen og hviske hende noget, som hun længe havde
ventet paa.

Men Samtalen gled videre. De unge Mennesker bragte under
stigende Jubel alskens forunderlige Pakker fra Vognene. Fru
Hartwig kastede sin Kaabe paa en Stol og ordnede efter bedste
Evne. Men Ungdommen — bestandigt med Hr. Litzow i spidsen
syntes bestemt paa at tilveiebringe saa megen Forvirring som
mulgit, selv Præsten blev smittet af Lystigheden, og til sin usigelige
Forbauselse saa Rebekka sin Fader i Ledtog med Hr. Lintzow
skjule en stor Papirpakke under Fru Hartwigs Kaabe.

Endelig blev det den gamle Dame for broget. „Kjære Frøken
Rebekka!" — udbrød hun, „er her ikke noget mærkværdigt at se i
Hærheden — jo længere borte jo bedre, — saa jeg kunde blive
disse gale Mennesker kvit en liden Stund?"

„Der er en smuk Udsigt fra Kongshougen, og saa er der Stranden
— og Havet" —

„Ja — ned til Havet!" raabte Max Lintzow.

„Se det var Ret!" sagde Fruen, „kan De skaffe mig af med ham der,
saa er jeg hjulpen, for han er den værste af dem alle."

„Hvis Frøken Rebekka vil føre an, saa følger jeg, hvorhen det skal
være" — sagde den unge Herre med et Buk.

Rebekka blev rød. Saadant noget havde hun aldrig hørt før. Den
unge, smukke Mand bøiede sig saa dybt for hende, og hans Ord lød
saa oprigtige. Men der var ikke Tid til at stanse ved et Indtryk;
snart var den glade Skare ude af Huset — gjennem Haven, og med
Rebekka og Lintzow i Spidsen gik de opad den lille Høide, som

kaldtes Kongshougen.

For mange Aar siden var der nok fundet endel Oldsager i Toppen, og en Formand i Kaldet havde plantet nogle haardføre Træer paa Skraaningerne. Foruden et Rognbærtræ og en Nøddeallée i Præstegaardshaven fandtes der ikke andre Træer end disse i Miles Omkreds paa de vindhaards Skraabakker ud imod det aabne Hav. I Tidens Længde havde de trods Storm og Sandflugt drevet det til henimod Mandshøide, og vendede de bare knudrede Stammer mod Nordenvinden som en bøiet Ryg, sendte de lange længselsfulde Arme mod Syd. Indimellem havde Rebekkas Moder plantet Violer.

„Nei — hvor heldigt!" — raabte den ældste Frøken Hartwig, „her er Violer! Aa — Hr. Lintzow; pluk mig en Buket til iaften."

Den unge Mand, som havde anstrængt sig for at finde en Tone, hvori han kunde konversere Rebekka, syntes, at den unge Pige fór sammen ved Frøken Fredrikkes Ord.

„Violerne er deres Ynglinge?" sagde han halvhøit.

Hun saa forundret op paa ham; hvorledes mon han kunde vide det?

„Tror De ikke — Frøken Hartwig! at det vilde være mere hensigtsmæssigt at plukke Blomsterne, naar vi kjører hjem, saa holder de sig friskere?"

„Som De vil" — svarede hun kort.

„Hun glemmer det forhaabentlig til den Tid," sagde Max Lintzow halvhøit til sig selv.

Men Rebekka hørte det, og undrede sig over, hvad Fornøielse han kunde have af at beskytte hendes Violer istedetfor at plukke dem til den smukke Dame.

Efterat de en Stund havde beundret den vidtrakte Udsigt, forlod Selskabet Hougen og fulgte en Fodsti nedover mod Stranden.

Paa den faste, glatte Sand lige i Havkanten vandrede de unge Mennesker afsted under munter Samtale. Rebekka var i Begyndelsen ganske forvirret. Det var somom disse glade Byfolk talte et Sprog, hun ikke forstod. Undertiden syntes hun, de lo af ingenting, og omvendt maatte hun mangen Gang le af dem, naar de kom med sine Forundringsraab og Spørgsmaal til alt, hvad de saa.

Men lidt efter lidt følte hun sig tryg blandt de godmodige, velvillige Mennesker; den yngste Frøken Hartwig lagde endogsaa sin Arm omkring hende, mens de gik. Og da tøede ogsaa Rebekka op; hun lo med og fortalte let og utvungent som en af de andre. Hun var langt fra at mærke, at de unge Herrer og især den

Fremmede fortrinsvis beskjæftigede sig med hende, og de smaa spidse Ord, som i den Anledning flettedes ind hist og her i Samtalen, forstod hun ligesaa lidt som meget af det Andet, der blev sagt.

En tidlang morede de sig med at løbe ned ad Sandskraaningen, hvergang Bølgen trak sig tilbage, for derpaa at flygte opover, naar den næste Bølge kom. Og stor Jubel vakte det, naar en af Herrerne indhentedes, eller naar en Sjø — større end de andre sendte sin Skumkant helt ind ove Skraaningen og tvang det lystige Selskab til en skyndsom Flugt.

„Se! — Mama er bange for, at vi skal komme for sent til Ballet!" — raabte pludseligt Frøken Hartwig, og man opdagede nu, at Fruen og Konsulen og Præsten stod som tre Vindmøller paa Præstegaardsbakken og viftede med Lommetørklæder og Servietter.

Tilbagetoget begyndte. Rebekka førte dem en Snarvei over Myren, idet hun ikke beregnede, at Damerne fra Byen ikke som hun kunde hoppe fra Tue til Tue. Frøken Frederikke hoppede for kort i sin indsnørede Kjole og steg ned i et fugtigt Hul. Hun skreg og raabte, med Øinene fæstede paa Lintzow, ynkelige om Hjælp.

„Men Henrik!" — raabte Max til Hartwig junior, som var nærmere ved, — „saa hjælp dog din Søster!"

Frøken Fredrikke hjalp nu sig selv, og Toget gik videre.

Bordet var dækket i Haven langsmed Husvæggen, og skjønt Vaaren var saa ny, var der dog varmt nok i Solen. Da alle vare komne til Sæde, kastede Fruen et prøvende Blik udover Bordet.

„Men — men — jeg syntes, her mangler noget! Det forekommer mig saa bestemt, at jeg saa Jomfruen pakke ind en Aarfugl imorges; — kjære Fredrikke! husker ikke du ogsaa —?"

„Undskyld Mor! men du ved, jeg befatter mig ikke med Madstel."

Rebekka saa paa sin Fader, Lintzow ogsaa, og Præstemanden satte et Ansigt op, paa hvilket selv Ansgarius kunde læse Brøden.

„Jeg kan dog aldrig tro" — begyndte Fruen, „at De — Hr. Pastor! — er i Ledtog med" — Men da maatte han le og tilstod under megen Munterhed, medens Gutterne bragte Pakken med Fuglen ud i Triumf. Stemningen var ypperlig. Konsul Hartwig var henrykt ved at erfare, at den geistlige Herre ogsaa kunde gaa ind paa en Spøg, og Præsten selv var saa let tilmode, som han ikke havde været paa mange Aar.

I Samtalens Løb kom en til at nævne, at Arrangementet vistnok var meget landligt; men Retterne vare for bymæssige. „Til et

Maaltid paa Landet hører tyk Mælk."

Rebekka reiste sig strax og bad om at faa Lov til at bringe en Mælkeringe; og uden at høre paa Fru Hartwigs Indvendinger forlod hun Bordet.

"Lad mig hjælpe Dem — Frøken!" — raabte Max og løb efter hende. —

"Det er en rask og ung Mand" — sagde Præsten.

"Ja ikke sandt!" svarede Konsulen, "og dertil en Pokkers flink Handelsmand. Han har opholdt sig flere Aar i Udlandet, og nu er han optaget i Faderens Firma."

"Lidt ustadig er han kanske!" — sagde Fruen usikkert.

"Ja det er vist!" — sukkede Frøken Fredrikke. —

—Den unge Mand fulgte Rebekka gjennem Stuerne ud i Mælkekammeret. Hun ligte det igrunden ikke, skjønt Mælkekammeret var hendes Stolthed; men han spøgte og lo saa muntert, at hun maatte le med.

Hun valgte en Mælkeringe paa den anden Hylde og strakte Armene op, for at tage den.

"Nei — nei Frøken! det bliver for høit for Dem!" — raabte Max, "lad mig tage den!" — og idetsamme lagde han sin Haand over hendes.

Rebekka trak Haanden til sig i en Fart. Hun følte selv, at hun blev ganske rød, og det kjendtes næsten, somom hun maatte græde.

Da sagde han stille og alvorligt, idet han saa ned: "Jeg beder Dem om Tilgivelse — Frøken Rebekka! — mit Væsen — jeg føler det! — er altfor løst og letsindigt overfor en Kvinde som Dem. Men det vilde gjøre mig saa ondt, om De beholdt det Indtryk af mig, at jeg bare er den letsindige Laps, jeg synes at være. Mange Mennesker maa være lystige, for at skjule, hvad de lide, og der gives dem, der le, for ikke at græde!"

Ved de sidste Ord saa han op. Der var noget saa vemodigt og dog saa ærbødigt i hans Blik, at Rebekka med en Gang fik en Følelse af, at hun havde været haard imod ham. Hun var vant til at tage ned fra anden Hylde; men da hun anden Gang greb efter Mælkeringen, lod hun Armene synke og sagde: "Nei — det bliver nok kanske for høit for mig alligevel."

Der var et lidet Smil over hans Ansigt, idet han tog Ringen forsigtigt og bar den ud; hun fulgte med og aabnede Døren for ham. Hvergang han gik forbi hende, betragtede hun ham nøie. hans Flipper, hans Halstørklæde, hans Frakke — alt var anderledes en hendes Faders, og der fulgte ham en egen Parfume, hun ikke kjendte.

Da de kom til Havedøren, stansede han lidt og saa op med et tungsindigt Smil: „Jeg maa give mig selv et Øiebliks Tid, for at lægge mit Ansigt i lystige Folder, saa at Ingen derude skal ane noget."

Dermed traadte han ud paa Trappen med et muntert Ord til Selskabet ved Bordet, og hun hørte, at der svaredes under Latter; — men selv blev hun staaende igjen i Havestuen.

Den stakkels unge Mand! — hvor det gjorde hende ondt for ham; og hvor forunderligt, at netop hun skulde være den eneste, som han betroede sig til. Mon hvad det var for en hemmelig Sorg, han bar. Havde mon ogsaa han mistet sin Moder? — eller var det noget endnu tungere? Hvor gjerne vilde hun ikke hjælpe ham, om hun kunde.

Da Rebekka senere kom ud, var han atter den gladeste af alle. Kun en enkelt Gang, naar han saa paa hende, syntes hun, at hans Øine igjen fik det tungsindige, halvt bedende Udtryk; og det skar hende i Hjertet, naar han lo i samme Aandedræt.

Endelig skulde Gjæsterne afsted; der blev taget hjertelig Afsked fra begge Sider. Men under de sidste Indpakninger og i den almindelige Forvirring, da alle skulde finde sin Plads i Vognene eller søge en ny til Hjemturen, sneg Rebekka sig ind i Huset, gjennem Stuerne, ud i Haven og hen til Kongshougen. Her satte hun sig skjult af Træerne, hvor Violerne groede, og prøvede at samle sine Tanker. —

— „Men Violerne — Hr. Lintzow!" — raabte Frøken Frederikke, som alt sad i Vognen.

Den unge Herre have en Stund søgt ivrigt efter Husets Datter og svarede adspredt: „Jeg er bange for, det er for sent."

Men med ét syntes han at fa en Indskydelse: „Aa — Fru Hartwig! — De undskylder vist, at jeg løber bort i to Minutter, for at hente en Bukk til Frøken Frederikke?"

— Rebekka hørte hurtige Skridt nærme sig; det forekom hende, at det ikke kunde være nogen anden end ham.

„Ah! — finder jeg Dem her — Frøken! — jeg kommer for at plukke Violerne."

Hun vendte sig halvt fra ham og begyndte at plukke.

„Vil De plukke Blomster til mig?" — sagde han usikkert.

„Er det ikke til Frøken Frederikke?"

„Aa — nei! — lad det være til mig!" bad han, idet han lagde sig paa Knæ ved Siden af hende.

Hans Stemme lød atter saa mistrøstig — næsten som er Barns, der tigger.

Da rakte hun ham Violerne uden at se op. Han greb hende fast om Livet og holdt hende ind til sig. Hun stred ikke imod, men lukkede Øinene og aandede tungt. Da kjendte hun, at han kyssede hende — En Gang, mange Gange — paa Øinene, paa Munden; indimellem nævnte han hendes Navn og forvirrede Ord, og saa kyssede han igjen. Der blev raabt fra Haven. Han slap hende og løb ned at Hougen. Hestene stampede, den unge Mand sprang raskt ind i Vognen, som rullede afsted. Men idet han skulde slaa Vogndøren i, var han saa ubehændig at tabe Buketten; kun en eneste Viol beholdt han igjen.

„Ja — det kan vel ikke nytte at byde Dem denne ene? — Frøken!" sagde han.

„Nei Tak! — behold den kun som en Erindring om Deres store Behændighed" — svarede Frøken Hartwig; hun var meget unaadig.

„Ja — De har Ret! — det vil jeg gjøre" — svarede Max Lintzow med stor Sindsro.

— Da han om Morgenen efter Ballet trak paa sig sin Hverdagsfrakke, fandt han en vissen Viol i Knaphullet. Han knipsede Hovedet af med Fingeren og trak Stilken ud paa Gabsiden.

„Ja det er ogsaa sandt!" — sagde han, idet han saa sig i Speilet med et Smil, „h e n d e havde jeg jo næsten glemt!"

Om Eftermiddagen reiste han, og saa glemte han hende g a n s k e .

————————

Sommeren kom med varme Dage og lange, lyse Nætter. Udover det rolige Hav laa Røgen i mørke Striber efter Dampskibene, som passerede. Seilskibene drev forbi med slappe Seil og brugte næsten en hel Dag for at komme ud af Synskredsen.

Det varede en Tid, iden Præsten mærkede nogen Forandring i sin Datters Væsen. Men lidt efter lidt blev han opmærksom paa, at Rebekka slet ikke trivedes denne Sommer. Hun blev bleg og holdt sig meget paa sit Værelse; i Kontoret kom hun næsten aldrig, og tilslut troede han, at hun skyede ham.

Da talte han alvorligt til hende, bad hende sig ham, om hun var syg, eller om Skrupler af nogen Art var Aarsag i, at hun ikke mere var saa let og glad som før.

Men hun bare græd og svarede næsten ingenting.

Efter denne Samtale blev det dog bedre; hun holdt sig ikke saameget alene og søgte Faderen hyppigere, men den gamle Lyd i

51

hendes Stemme var borte, og Øinene vare ikke saa aabne som før. Doctoren kom og begyndte at examinere hende. Hun blev blussende rød og tilsidst brast hun i Graad — saa heftigt, at den gamle Herre forlod hendes Kammer og gik ned til Præsten i Kontoret.

„Nu — Doctor! hvad siger De saa om Rebekka?"

„Sig mig engang — Hr. Pastor!" — begyndte Doctoren varsomt, „har Deres Datter havt nogen heftig Sindsbevægelse — hm! — nogen" —

„Anfægtelse — mener De?"

„Nei — ikke just det; men har hun ikke havt nogen Hjertesorg? — eller — rent ud sagt — nogen Kjærlighedssorg?"

Det var ikke langt fra, at Præsten følte sig lidt stødt. Hvorledes kunde Doctoren tro, at hans egen Rebekka, hvis jerte var ham som en aaben Bog, at hun skulde kunne — eller ville skjule en Sorg af den Art for sin Fader. Og desuden! — Rebekka var sandelig ikke af det Slags unge Piger, hvis Hoveder ere fulde af romantiske Elskovsdrømme; heller ikke var hun nogensinde borte fra ham, og hvorledes skulde da — „Nei nei! bedste Doctor! den Diagnose gjør Dem liden Ære!" — sluttede Præsten med et roligt Smil.

„Jaja! — godt Ord igjen!" — sagde den Gamle og skrev sammen en Recept, som ialfald ikke kunde skade. Han kjendte saa alligevel ingen Urt mod Kjærlighedssorg; men i sit stille Sind holdt han fast ved sin Diagnose.

Doctorens Besøg havde Skræmmet Rebekka. Hun vogtede nu endnu nøiere paa sig selv og fordoblede sine Anstrængelser for at synes som før. Thi Ingen maatte ane, hvad der var skeet: — at en ung, vildfremmed Mand havde holdt hende i sine Arme og kysset hende — mange Gange!

Saa ofte dette stod for hende, blev hun blussende rød. Hun vaskede sig vel ti Gange om Dagen; men hun syntes aldrig, at hun blev ren.

Og hvad var det egentligt, som var skeet? — var det ikke den allerværste Skam? — var hun nu bedre end saa mange ulykkelige Piger, hvis Feiltrin hun havde betragtet med Gru og aldrig havde kunnet begribe. Ak — om hun kunde spørge nogen! om hun kunde faa læsset af al den Tvivl og Dunkelhed, som pinte hende; faa vide klart, hvad hun havde gjort; om hun endnu havde Ret til at se sin Fader i Øinene, — eller om hun var den største Synderinde.

Faderen spurgte hende saa ofte, om hun ikke kunde betro ham, hvad der trykkede hende; thi han følte, at noget var skjult mellem dem. Men naar hun saa ind i hans klare Øine — i det rene, lyse Ansigt, saa var det umuligt — og hun bare græd. Undertiden tænkte hun paa den gode Fru Hartwigs bløde Haand; men hun var fremmed og langt borte, og ganske alene maatte hun kjæmpe sin Strid og kjæmpe saa stille, at Ingen skulde mærke det.

Og han, — som færdedes ude i Livet med det glade Ansigt og det tunge Sind! Mon hun aldrig skulde se ham igjen? — og hvor skulde hun skjule sig, om hun nogensinde traf ham. Han var fast sammenvoxet med al hendes Tvivl og Smerte, men uden nogen Bitterhed, uden Nag. Alt, hvad hun led, bandt hende fastere til ham, og han var aldrig ude af hendes Tanker.

I det daglige Husstel gik Rebekka opmærksom og paapasselig som før. Men i alt, hvad hun gjorde, blandedes smaa Glimt af ham. Utallige Steder i Huset og Haven bar Minder efter ham; hun mødte ham i Dørene, d e r stod han, da han første Gang talte til hende, paa Kongshougen havde hun ikke været siden — det var der, han tog hende om Livet og — kyssede hende.

Præsten anstillede mange bekymrede Betragtninger over sin Datter; men hver Gang Doctorens Hentydning faldt ham ind, rystede han uvilligt paa Hovedet. Han kunde jo umulig tænke sig, at en behændig Haand med et forslidt Fægterkneb skulde kunne gjennembryde den gode Rustning, han havde givet hende.

———————

— Havde Vaaren været sen, saa var Høsten ude itid.

En vakker varm Sommeraften begyndte det at regne; den næste Dag regnede det ogsaa, og nu regnede det uafladeligt — stedse koldere og koldere i samfulde elleve Dage og Nætter. Endelig blev det klart; men den næste Nat var det fire Graders Kulde.

Paa Buske og Træer hang Bladene sammenklistede efter den lange Regn; og da Frosten havde tørret dem paa sin Maade, faldt de til Jorden i massevis, hver Gang Vinden tog et lidet Ryk i dem.

Præstens Forpagter var en af de faa, som havde faaet Kornet i Hus; nu skulde det tærskes, mens der var Tærskevand. Den lille Bæk nede i Dalen skummede afsted saa brun som Kaffe, og hele Gaardens Mandskab var optaget med at passe Maskinen og kjøre Korn og Halm op og ned ad Præstegaardsbakken.

Rundt paa Gaardspladsen laa der Halmstraa, og naar Vinden strøg ind mellem Husene, tog den Havrehalmen i Hovedet, løftede den paa Ende og lod Straaene danse som gule Spøgelser henover. Det var den ungdommelige Høstvind, som prøvede sig; først udpaa Vinteren, naar den faar fuldvoxne Lunger, leger den med Tagsten og Skorstenspiber.

En Spurv sad sammenkræben paa Hundehuset; den trak Hovedet ned i Fjærene, glippede med Øinene og lod som ingenting. Men i Virkeligheden gav den nøie Agt paa, hvor Kornet blev lagt hen. Ved det store Spurveslag ivaar havde den været midt inde i Nøstet, hakket og skraalet som den værste. Men den var bleven fornuftig siden; den tænkte paa Kone og Børn — og paa, hvor godt det er at have noget i Baghaand for Vinteren.

— Ansgarius glædede sig til Vinteren —, til farefulde Expeditioner i Snefanerne og bælmørke Aftener med bragende Brændinger. Han benyttede de allerede den Is, som laa paa Vandpytterne efter Nattefrosten, idet han lod alle sine Tinsoldater med to Messingkanoner marschere udpaa. Selv iagttog han staaende paa en hvælvet Stamp, hvorledes Isen lidt efter lidt gav efter, indtil den hele Armé styrtede igjenne, og kun Kanonerne Hjul stak op. Da raabte han Hurra og svingede med Huen.

„Hvad raaber du for?" — spurgte Præsten, som gik over Gaarden.

„Jeg leger Austerlitz!" — svarede Ansgarius straalende.

Faderen gik videre, idet hna sukkede tungt; han forstod ikke sine Børn. —

— Nede i Haven sad Rebekka paa en Bænk i Solen. Hun saa udover Lyngen, som stod med dunkelviolette Blomster, medens Markerne blegnede mod Høsten.

Viberne samlede sig i Taushed og holdt Flyveøvelser til Reisen, og alle Strandfugle flokkedes, for at flyve sammen. Selv Lærken havde tabt Modet og søgte Reisefølge — stum og ukjendt mellem andre graa Høstfugle. Men Maagen gik roligt og satte Maven frem; den skulde ikke flytte.

Der var saa stille og Luften saa mat og diset. Farver og Lyd afdæmpedes mod Vinteren og det gjorde hende saa godt.

Hun var træt, og den lange, døde Vinter vilde passe for hende. Hun kjendte, at hendes Vinter vilde blive længer end alle de andres, og hun begyndte at grue for Vaaren.

Da vilde alt det vaagne, som Vinteren havde faaet til at sove; Fuglene vilde komme tilbage og synge de gamle Sange med nye Stemmer; — og oppe paa Kongshougen vilde atter hendes Moders Violer staa i blaa Klynger; — det var d e r , han tog hende om Livet — og kyssede hende mange — mange Gange. —

54

TO NOVELLETTER FRA DANMARK
TROFAST

Frøken Thyra gik hen og raabte i Talerøret: „Er Trofast's Koteletter ikke snart færdige?"
Jomfru Hansens Stemme kom op fra Kjøkkenet: „De staar i Vinduet, for at afkjøles; saansnart de ere tilpas, skal Stine bringe dem op."
Trofast havde hørt det og gik roligt hen og lagde sig paa Kamintæppet.
Han forstod meget bedre end et Menneske, — pleiede Grossereren at sige.
Ved Frokostbordet sad foruden Husets Folk en gammel Fiende af Trofast — den eneste, han havde. Men cand. jur. Viggo Hansen var forresten en Fiende af mangt og meget her i denne Verden, og hans bidske Tunge var vel kjendt over hele Kjøbenhavn.
Her i Familien havde han efter mange Aars Husvenskab lagt sig til en særdeles Aabenhjertighed; og naar han var gnaven, hvilket han altid var, lod han sin Bitterhed uden Skaansel gaa ud over, hvad og hvem det skulde være.
Især var han altid paa Nakken af Trofast.
„Dette store, gule Bæst," pleiede han at sige, „her gaar den og bliver kjælet og dægget for og fodret med Steg og Karbonade, mens mangt et Menneskebarn maa bide sig i Fingrene efter et Stykke tørt Brød."
Her var imidlertid det ømme Punkt, som Hr. Kandidaten skulde vogte sig lidt for. Saasnart nogen rørte ved Trofast med et Ord, der ikke var fuldt af Beundring, fik han et forenet Blik fra den hele Familie; og Grossereren havde endog ligeud sagt til Kandidat Hansen, at han let en Dag kunde blive elvorligt vred, om den Anden ikke vilde omtale Trofast paa en sømmelig Maade.
Men Frøken Thyra hadede ligefrem Kandidat Hansen for dette; og skjønt Valdemar nu var voxen — ialfald Student, gjorde han sig fremdeles en Glæde af at stjæle Handskerne ud af Kandidatens Baglommer og levere Trofast dem til Sønderslidelse.
Ja selv Fruen, som dog var saa mild og sød som Thevand, maatte undertiden tage Kandidaten for sig og bebreide ham alvorligt, at han dog kunde nænne at tale saa ondt om det søde Dyr.
Alt dette forstod Trofast meget godt; men han foragtede Kandidat

Hansen og tog ingen Notice af ham. Han nedlod sig til at sønderslide Handskerne, fordi det nu engang glædede hans Ven Valdemar; men forøvrigt lod han somom han ikke saa Kandidaten.

Da Koteletterne kom, spiste Trofast dem stille og diskret; han knasede ikke Benene, men pillede dem ganske rene og slikkede Tallerkenen.

Derpaa gik han hen til Grossereren og lagde sin høire Lab op paa hans Knæ.

„Velbekomme — velbekomme! — gamle Dreng!" raabte Grossereren rørt; han blev lige rørt hvert Morgen, naar dette gjentog sig.

„Du kan dog ikke kalde Trofast gammel — Far," sagde Student Valdemar lidt overlegent.

„Aa — ved du hvad! — den er s'gu snart sine otte Aar."

„Ja men — lille Mand," sagde Fruen blidt, „en Hund paa otte Aar er ingen gammel Hund."

„Nei — ikke sandt — Mor!" raabte Valdemar ivrigt, „holder du ikke med mig? — en Hund paa otte Aar er ingen gammel Hund."

Og i et Nu var hele Familien delt i to Partier — i to meget ivrige Partier, der med en ustanselig Strøm af Ord satte sig til at debattere: om man kan kalde en Hund paa otte Aar for en gammel Hund eller ikke. Man blev varm paa begge Sider, og uagtet hver gjentog og gjentog sin Mening uforandret i Munden paa de andre, saa det dog ikke ud til, at der vilde opnaaes nogen Enighed, — ikke engang da gamle Bedstemor fór op af sin Stol og absolut vilde fortælle noget om høisalig Enkedronningens Livmoppe, som hun havde havt den Ære at kjende fra Gaden.

Men midt i den ustyrlige Hvirvel af Ord kom der en Stans, da En saa paa Uhret og sagde: Dampskibet; alle reise sig, Herrerne, som skulde til Byen, styrtede afsted, hele Selskabet spredtes for alle Vinde, og Spørgsmaalet: om man kan kalde en Hund paa otte Aar for en gammel Hund eller ikke — det blev liggende uløst i Luften.

Alene Trofast rørte sig ikke. Han var vant til denne Familielarm, og de uløste Spørgsmaal interesserede ham ikke. Han lod sine kloge Øine løbe hen over det forladte Frokostbord, sænkede saa sin sorte Snude ned paa de mægtige Labber og lukkede Øinene til en liden Frokostlur. Saalænge man laa herude paa Landet, var der ikke stort andet at gjøre end spise og sove.

Trofast var af de ægte danske Racehunde fra den zoologiske Have; Kongen havde endog kjøbt hans Broder, hvilket blev udtrykkelig fortalt til alle, som kom i Huset.

Men han havde alligevel havt en temmelig haard Opvæxt; thi det var hans oprindelige Bestemmelse at være Pladshund ude paa Grossererens store Kullager paa Kristianshavn.

Derude opførte Trofast sig mønsterværdigt. Vild og rasende som en Tiger om Natten var han om Dagen saa stille, venlig — ja ydmyg, at Grossereren blev opmærksom paa ham og forfremmede Trofast fra Pladshund til Stuehund.

Og fra dette Øieblik var det egentlig først, at det ædle Dyr udviklede alle sine Fuldkommenheder.

Den havde ligefra først af en egen beskeden Maade til at blive staaende ved Døren og se saa ydmygt paa den, som gik ind, saa det var ganske umuligt andet end at slippe den med ind i Salonen; og der fandt den sig snart tilrette, i Begyndelsen under Sofaen, men senere paa det bløde Tæppe foran Kaminen.

Og efterhvert som de øvrige Medlemmer af Familien lærte at vurdere hans sjeldne Egenskaber, avancerede Trofast, indtil Kandidat Hansen paastod, at han var den egentlige Herre i Huset.

Vist er det, der kom noget i Trofasts hele Optræden, som tydeligt tilkjendegav, at han var sig selv bevidst den Stilling, han indtog. Han stansede ikke længer ydmygt ved Døren, men gik selv i Forveien, saasnart nogen aabnede. Og blev der ikke lukket op for ham strax, naar han skrabede, saa reiste det mægtige Dyr sig paa Bagbenene, lagde Labberne paa Dørklinken og aabnede for sig selv.

Da han første Gang gjorde dette Kunststykke, raabte Fruen henrykt: „Er ban ikke deilig? — ganske som et Menneske, bare saa meget bedre og trofastere."

Det var ogsaa de andres Mening, der i Huset, at Trofast var bedre end et Menneske. Hver især syntes ligesom at kvitte lidt af paa sine egne Synder og Skrøbeligbeder ved denne beundrende Dyrkelse af det ædle Dyr; og hvergang nogen var misfornøiet med sig selv eller andre, fik Trofast de allerfortroligste Meddelelser og dyre Forsikringer, at han dog var den eneste, man kunde stole paa.

Men naar Frøken Thyra kom skuffet fra et Bal, eller hendes bedste Veninde troløst havde forraadt en skrækkelig stor Hemmelighed, da kastede bun sig graadende ned over Trofast: „Nu har jeg kun dig tilbage — Trofast! der er ingen — ingen — ingen paa Jorden, der holder af mig, uden du. Nu ere vi to ganske alene i den vide — vide Verden: men du vil ikke forraade din stakkels lille Thyra — det maa du love mig — Trofast!" — og saa græd hun, saa det driblede ned over Trofasts sorte Næse.

Derfor var det ikke at undres over, at Trofast optraadte med en vis Værdighed hjemme i Huset. Men ogsaa paa Gaden kunde man se paa ham, at han følte sig sikker og stolt ved at være Hund i en By, hvor Hundene har Magten.

Naar de laa paa Landet om Sommeren, pleiede Trofost kun at tage med ind til Byen en Gang om Ugen eller saa, for at lugte paa gamle Bekjendte. Herude paa Landet levede han udelukkende for sin Sundhed: badede, rullede sig i Blomsterbedene og gik saa ind i Stuen for at gnide sig tør paa Møblerne, Damerne og tilslut paa Kamintæppet.

Men den øvrige Del af Aaret var hele Kjøbenhavn til hans Disposition, og han disponerede over Byen med stor Freidighed.

Hvad var det ikke for en Nydelse tidligt om Vaaren, naar det fine Græs begyndte at spire paa de offentlige Plainer, som ingen menneskelig Fod maatte betræde, da at rende op og ned og rundt i Ring med nogle gode Venner, saa Græstotterne føg i Luften.

Eller naar Gartnerens Folk var gaaet hjem til Middag, efter at have puslet og stellet den hele Formiddag med de fine Blomster og Buske, hvor var det da ikke morsomt at lade, somom man grov efter Muldvarp: stikke Snuden ned i Jorden midt i Blomsterbedet, pruste og blaase og saa til at grave Jorden op med Forbenene; stanse lidt, stikke Snuden ned igjen, blaase og saa til at grave Jord af alle Kræfter, — indtil Hullet var saa dybt, at et eneste kraftigt Spænd med Bagbenene kunde kaste en hel Rosenbusk med Rod og altsammen høit — høit op i Luften.

Naar Trofast efter en saadan Bedrift laa stille midt ude paa Plainen i den varme Vaarsol og saa Menneskene traske saa beskedent udenom i Støv og Søle, da logrede den i al Stilhed ad sig selv.

Saa var det de store Slagsmaal i Grønningen eller rundt Hesten paa Kongens Nytorv; derfra gik det vaad og tilsølet i en Fart opigjennem Østergade mellem Menneskenes Ben, gnidende sig mod Skjørter og Herrernes Benklasder, væltende gamle Damer og Børn, med ubegrsnset Fortougsret til begge Sider, snart styrtende ind i et Gaardsrum, opad Kjøkkentrappen efter en Kat, snart udbredende Skræk og Forvirring ved at ryge lige i Struben paa en gammel Fiende, man traf; — eller ogsaa kunde det stundom more Trofast at stanse midt foran en liden Pige, som gik Ærinde for sin Mor, stikke den sorte Næse lige op i Ansigtet paa hende og saa brøle af vidt Gab: vov — vov — vov!

At se den Lille! hun blev blaa i Ansigtet, Armene stivt strakte nedover, trippende med Fødderne, uden at kunne faa Lyd i Skriget. Men de voxne Damer paa Gaden skammede hende ud og sagde: „Sikken en lille Nar! — hvor kan du dog være bange for saadan en kjøn, rar Hund! den vilde jo bare lege med dig; se hvor stor og rar den er: — vil du ikke klappe den?"

Men det vilde den Lille paa ingen Maade; og da hun kom hjem til sin Mor, sad Hulken hende endnu i Halsen. Men hverken hendes Mor eller Doctoren kunde senere begribe, at det muntre friske Barn ved den mindste Forskrækkelse blev blaa, stiv og uden Lyd i Skriget.

Men alle disse Forlystelser vare dog blege og tamme i Sammenligning med *les grands cavalcades d'amour*, og der var Trofast altid en af de forreste. Sex-otte, titolv store gule, sorte og røde Hunde med et langt Følge af mindre og ganske smaa, der vare saa forbidte og tilsølede, at man lidet kunde se, hvad de var gjort af, men ikkedestomindre meget modige med Halerne tilveirs og hæsblæsende af Iver, skjønt de aldeles ikke havde anden Chance end at faa Bank igjen og blive rullede i Sølen, — og saa afsted i vild Gallop gjennem Gader, over Torve, Haver og Blomsterbed, med Slagsmaal og Hyl, blodige og tilsølede, Tungerne ude af Halsen, — afveien med Mennesker og Børnevogne, Plads for Hundenes Kampe og Elskov — saaledes fór de som Asgaardsreien gjennem den ulykkelige By.

Blandt Menneskene paa Gaden ændsede Trofast ingen uden Politibetjentene. Thi med sin skarpe Forstand havde han forlængst indseet, at Politiet var der, for at beskytte ham og hans Medhunde mod Menneskenes mangehaande Overgreb. Derfor stansede han altid velvilligt, naar han mødte en Betjent, for at lade sig klø bag Øret. Især havde han en god tyk Ven, som han ofte mødte oppe i Aabenraa, hvor Trofast havde en mangeaarig *liaison*.

Naar Politibetjent Frode Hansen steg op af en Kjælderhals, som han meget ofte gjorde: thi han var en gemytlig Fyr, som det var en Fornøielse at byde en halv Bayer, — da havde hans Ansigt megen Lighed med den opgaaende Sol; thi det var rundt og rødt, varmt og straalende.

Men naar han saa fremstod i fuld Figur paa Fortouget, kastende et strængt Blik op og nedad Gaden, for at undersøge, om nogen ildesindet Person havde seet, hvor han kom fra, da dukkede der frem en Erindring om noget, vi som unge Mennesker læste om i Fysiken, og som jeg troer, vi kaldte Udvidelsescoefficienten.

Thi naar man betragtede det dybe Indsnit, som hans stærke Bælte gjorde baade for og bag og paa Siderne, fik man uvilkaarligt det Indtryk, at der inde i Politibetjent Frode Hansens Mave sad saadan en Coefficient med en overordentlig stærk Trang til at udvide sig. Og Folk, som mødte ham, — helst naar han netop trak et af sine dybe Ølsuk, veg ængstelig et Skridt tilsiden. Thi skulde det engang hænde, at Coefficienten derinde seirede over det stærke Bælte, saa vilde Stumperne — og især Mavespænden fyge afsted med en Fart til at knuse Speilglasruder.

Forøvrigt var Frode Hansen ikke saa farlig at komme nær; han ansaaes endogsaa for en af de uskadeligste Betjente; yderst sjeldent gjorde han nogen Anmeldelse af nogen Art. Alligevel stod han vel anskreven hos sine Overordnede; thi naar nogen først var meldt af andre, kunde man bare spørge Frode Hansen, han havde altid en eller anden Oplysning at give om alt muligt.

Paa den Maade gik det ham godt i Verden; han var næsten afholdt i Aabenraa og nedover Vognmagergade; ja selv Mam Hansen fandt undertiden Raad til at byde ham paa en balv Bayer.

Og hun havde dog ikke meget at give bort. Fattig og fordrukken havde hun nok at gjøre med at fægte sig frem med sine to Børn.

Ikke saa at forstaa, at Mam Hansen arbeidede eller prøvede at arbeide sig frem endsige op; naar hun bare kunde række at betale Husleien og saa bebolde lidt til Kaffe og Brændevin, saa havde hun ellers ingen Illusioner.

I Virkeligheden var det — selv i Aabenraa den almindelige Mening, at Mam Hansen var et Svin; og naar man spurgte hende, om hun var Enke, pleiede bun at svare: „Ja ser De; — det er s'gu ikke saa godt at vide."

Datteren var omkring femten Aar; Sønnen et Par Aar yngre. Ogsaa om disse var den almindelige Mening i og om Aabenraa, at et værre Par Unger var sjeldent opvoxet i disse Egne.

Valdemar var en liden bleg, mørkøiet Fyr, glat som en Aal, fuld af Ondskab og List, med et Ansigt af Viskelæder, der i et Secund kunde vexle fra den vildeste Frækhed til den mest faareagtige Uskyld.

Hellerikke om Thyra var der andet godt at sige, end at hun lod til at ville blive en smuk Pige. Men alskens stygge Historier blev der allerede fortalt om hende, og hun drev Byen rundt i meget forskjellige Ærinder.

Mam Hansen vilde aldrig høre disse Historier; hun slog det bare hen. Ligesaalidt tog hun noget Hensyn til Naboers og Veninders Raad: at lade Børnene skjøtte sig selv — de vare saamænd

forvorpne nok til det — og heller tage et Par Logerende, som
betalte.

„Nei — nei!" svarede Mam Hansen, „saa længe de har som et Slags
Hjem hos mig, saa faar dog ikke Politiet helt Klo i dem, og saa
flyder de da ikke ganske udover."

Dette: at Børnene ikke skulde flyde ganske udover — var i hendes
Hjerne blevet det sidste Punkt, om hvilket der samlede sig, hvad
der efter et Liv som hendes kunde være tilovers af en Moder.

Og derfor sled hun videre, skjældte og slog Børnene, naar de kom
sent hjem, ordnede deres Seng og gav dem lidt Mad og holdt dem
saaledes til sig — paa den Maade som det nu var.

Mange Ting havde Mam Hansen forsegt i sit Liv; og alt havde bragt
hende trinvis nedover: fra Tjenestepige til Opvartningspige,
nedover forbi Vaskerkone og dertil, hvor hun nu var.

Om Morgenen tidligt, før det lysnede, kom hun mod Byen over
Knippelsbro med en tung Kurv paa hver Arm. Ud af Kurvene stak
der Kaalblade og Gulerodgræs, saa man kunde mene, hun gjorde
sig en Forretning af at kjøbe Grøntsager hos Bønderne ude paa
Amager, for at sælge dem i Aabenraa og deromkring.

Alligevel var det ikke en Grønthandel, Mam Hansen drev, men
derimod en liden Kulhandel; hun drev den halvt ismug og i smaa
Portioner med Fattigfolk som hun selv.

Denne tilsyneladende Uoverensstemmelse blev der ikke lagt
Mærke til i Aabenraa; ikke engang Politibetjent Frode Hansen
syntes at finde noget paafaldende ved Mam Hansens Forretning.
Naar han mødte hende om Morgenen slæbende paa de tunge
Kurve, kunde han tvertimod ganske venligt spørge: „Nu — lille
Mam Hansen, var Roerne billige idag?"

Og var hans Hilsen mindre venlig, blev han trakteret med en halv
Bayer udpaa Dagen.

Dette var en staaende Udgift for Madam Hansen og hun havde
endnu en til. Hver Aften kjøbte hun sig et stort Stykke Wienerbrød
med Sukker paa. Hun spiste det ikke selv; hellerikke var det til
Børnene; ingen vidste, hvad hun gjorde med det, og der var
hellerikke nogen, som lagde stort Mærke til det. —

Var der ingen Udsigt til halve Bayere, saa promenerede
Politibetjent Frode Hansen sin Coefficient med Verdighed op og
ned ad Gaderne.

Mødte han saa Trofast eller en anden af sine Venner blandt
Hundene, stansede han altid længe, for at klø den bag Øret.

Og naar han iagttog den store Ugenerthed, hvormed Hundene

opførte sig paa Gaden, var det ham en sand Fornøielse at kaste sig med Strenghed over en ulykkelig Mandsperson og notere bans fulde Navn og Adresse, fordi han havde tilladt sig at kaste en Konvolut i Rendestenen. —

II.

Sent udpaa Høsten var der Middag hos Grossereren; Familien var fiyttet ind fra Landet for længe siden.

Samtalen fløs længe mat og afbrudt, indtil den pludselig løstes og blev til en vild Fos. Thi nede fra den Kant af Bordet, hvor Fruen sad, var det Spørgsmaal dukket op: om man kunde kalde en Dame for en fin Dame — for en rigtig fin Dame, om hvem det var bekjendt, at hun paa et Dampskib havde lagt sine Fødder op paa en Tabouret — smaa Sko, udsyede Strømper.

Og — underligt nok, somom hver især i Selskabet havde tilbragt sit halve Liv med at overveie dette Spørgsmaal, kastede Alle sine fuldtfærdige, urokkelige Meninger paa Bordet; de urokkelige Formeninger tørnede mod hinanden, faldt ned, toges op igjen og kastedes igjen med øgende Iver.

Oppe ved den anden Ende af Bordet deltog de ikke i denne livlige Samtale. I Nærheden af Værten sad mest ældre Herrer, og hvor brændende deres Damer end kunde ønske at give hint Spørgsmaal den afgjørende Løsning ved at udtale sin urokkelige Formening, maatte de dog opgive det, fordi den livlige Samtales Brændpunkt var nogle unge Kandidater helt nede ved Fruen, og Afstanden var for stor.

„Jeg synes ikke, jeg ser det store gule Bæst idag," sagde Kandidat Viggo Hansen i sin grætne Tone.

„Nei desvserre! — Trofast er her ikke idag. Stakkels Fyr! — jeg har været nødt til at anmode ham om at gjøre mig en ubehagelig Tjeneste."

Grossereren omtalte altid Trofast som en agtet Forretningsven.

„De gjør mig ganske nysgjerrig. Hvor er dog det søde Dyr?"

„Aa — kjære Frue! — det er s'gu en kjedelig Historie — er det. For — ser De — ude paa vort Kullager paa Kristianshavn er der stjaalet."

„Ih — men Gud forbarme sig! — stjaalet!"

„Formodentlig har Tyverierne gaaet isvang gjennem et længere Tidsrum."

„Har De da bemærket, at Beholdningen formindskedes?" Men da

maatte Grossereren le, hvilket han sjeldent gjorde: „Nei nei! —
bedste Hr. Doctor! — undskyld at jeg ler; men De er virkelig naiv.
Der ligger vel nu derude henimod 100 Tusinde Tønder Kul, saa De
vil indse, at der skal noget til —"
„Der maatte stjæles fra Aften til Morgen med to Heste," indskjød
en yngre Forretningsmand, som var vittig.
Grossereren fortsatte, da han havde leet ud: „Nei — ser De!
Tyveriet er opdaget derved, at der faldt lidt Sne igaar."
„Hva ba? Sne — igaar? det ved jeg ikke noget om."
„Det var hellerikke paa den Tid af Dagen, da vi ere vaagne — Frue!
men ganske tidligt paa Morgenen faldt der lidt Sne igaar. Og da
mine Folk kom til Kulpladsen, opdagede de Spor af Tyven eller
Tyvene. Det viste sig da, at et Par Brædder vare løse i
Plankeværket, men sammenstillede saa kunstfærdigt, at Ingen
kunde blive opmærksom paa det. Og derigjennem foregaar altsaa
Tyverierne Nat efter Nat; — er det ikke oprørende?"
„Men holder da Hr. Grossereren ingen Pladshund?"
„Jovist saa; men det er et ungt Dyr — forresten ypperlig Race —
halv Blodhund —, og hvordan Pokker disse Rakkere bære sig ad
eller ei, saa ser det ud, somom de maa staa paa en venskabelig Fod
med Dyret; thi de fandt Hundens Spor midt indimellem
Tyvefødderne."
„Det var dog mærkværdigt; og nu skal altsaa Trofast prøve —"
„Ja — ganske rigtigt; — idag har jeg sendt Trofast derud, han skal
nok fakke mig Kanaljerne."
„Kunde man ikke spigre de løse Brædder forsvarligt fast?"
„Det kunde man vistnok — Hr. Kandidat Hansen! men jeg vil have
Fyrene fat; de skal have Deres velfortjente Straf; min
Retsbevidsthed er krænket paa det dybeste."
„Det er dog deiligt med saadant et trofast Dyr."
„Ja — men Hr. Grosserer ! Trofast er ogsaa en Perle. Det er uden
Sammenligning den smukkeste Hund i hele —"
„Konstantinopel" — afbrød Kandidat Hansen.
„Det er en gammel Vittighed af Hr. Hansen," forklarede
Grossereren, „han har omdøbt Nordens Athen til Nordens
Konstantinopel, fordi han synes, her er for mange Hunde."
„Det er godt for Hundeskatten," mente En.
„Ja, naar Hundeskatten ikke blev saa uretfærdigt fordelt,"
snerrede Kandidat Hansen; „der er jo ingen Mening i, at en
skikkelig gammel Dame, som holder en Hund i en Sypose, — at
hun skal betale ligesaa meget som en, der ynder at genere sine

Medmennesker ved at være Eier af et halvildt Dyr paa Størrelse som en liden Løve."

„Hvorledes — om jeg tør spørge — vilde Hr. Kandidaten have Hundeskatten beregnet?

„Naturligvis efter Vægt," svarede Hr. Viggo Hansen uden Betenkning.

De gamle Grosserere og Kommunemænd lo saa godt over denne Idé med at veie Hundene, at den nedre Halvdel af Bordet, hvor der fremdeles kastedes ivrigt med urokkelige Formeninger, blev opmærksom og slap sine Formeninger, for at høre efter Samtalen om Hundene.

Og Spørgsmaalet: om man kan kalde en Dame for en fin Dame — en rigtig fin Dame, om hvem det er bekjendt, at hun paa et Dampskib har lagt sine Fødder op paa en Tabouret — smaa Sko, udsyede Strømper — det blev ogsaa liggende uløst i Luften.

„De synes at vsre en ligefrem Hader af løse Hunde — Hr. Kandidat" — sagde hans Borddame endnu leende.

„Jeg skal sige Dem — Fru Hansen!" raabte Doctoren over Bordet, „han er saa gyselig bange for Hunde."

„Men en Ting," fortsatte Fru Hansen, „en Ting maa De dog indrømme — Hr. Kandidat! at Hundene alle Dage har været Menneskets trofaste Ledsager?"

„Ja — det er sandt — Frue! og jeg kunde fortælle Dem baade, hvad Hunden har lært af Mennesket og Mennesket af Hunden."

„Aa fortæl — fortæl!" — raabtes der fra flere Kanter.

„Med Fornøielse! — for det første har Mennesket lært Hunden at logre."

„Det var dog høist besynderligt," raabte gamle Bedstemor.

„Dernæst har Hunden tilegnet sig alle de Egenskaber, der gjør Menneskene lave og upaalidelige: krybende Smiger opad og Raahed og Foragt nedad; den snevreste Vedhængen ved sit eget og Mistro og Fiendskab mod alt andet. Ja saa lærvilligt har det ædle Dyr været, at det endog forstaar den rent menneskelige Kunst: at bedømme Folk efter Klæderne; velklædte Folk lader den gaa, men de pjaltede ryger den lige i Læggen."

Her blev Kandidaten afbrudt af et mangestemmigt Mishagsraab, og Frøken Thyra knyttede forbitret sin lille Haand om Frugtkniven.

Men der var dog nogle, som vilde høre, hvad saa Mennesket havde lært af Hunden, og Hr. Viggo Hansen fortsatte — stadigt ivrigere og bitrere:

„Mennesket har lært af Hunden at sætte Pris paa den næsegruse, ufortjente Dyrkelse. Naar hverken Uretfærdighed eller Mishandling nogensinde har mødt andet end denne evigt svingende Hale, Maven paa Jorden og slikkende Tunge, saa ender det med, at Herren tror, han er en prægtig Fyr, hvem al denne Hengivenhed bliver tildel medrette. Og idet han overfører sine Erfaringer fra Hunden paa sin Menneskeomgang, lægger han mindre Baand paa sig — ventende at møde svingende Haler og slikkende Tunger. Og skuffes han saa, da foragter han Mennesket og vender sig med høie Lovtaler til Hunden."

Atter blev han afbrudt; nogle lo; men de fleste vare forargede. Viggo Hansen var imidlertid kommen iaande, hans lille, skarpe Stemme trængte igjennem Indvendingerne, og han beholdt Ordet.

„Og mens vi taler om Hunde, maa jeg faa Lov til at fremstille en overordentlig dybsindig Hypotese af mig selv. Skulde der ikke være noget for vor Nationalkarakter høist eiendommeligt i dette at just vi hos os har frembragt denne ædle Hunderace: de berømte, ægte, danske Hunde? Dette stærke bredbrystede Dyr med de svære Labber, det sorte Svælg og de frygtelige Tænder, men saa godmodig, uskadeligt og elskvserdigt, — minder det ikke om den berømte, uopslidelige, danske Loyalitet, der aldrig har mødt Uretfærdighed eller Mishandling med andet end evigt svingende Haler, Maven paa Jorden og slikkende Tunge? Og naar vi beundre dette Dyr, dannet i vort eget Billede, er det da ikke med en Art vemodig Selvros, vi klapper det paa Hovedet: du er dog en god, trofast, rigtig en stor, rar En!"

„Hør Hr. Kandidat Hansen! — jeg vil ikke undlade at gjøre Dem opmserksom paa, at i mit Hus er der visse Ting, som — —"

Værten var vred; men en godmodig Slægtning af Huset skyndte sig at afbryde: „Jeg er Landmand, og De vil dog vel indremme — Hr. Kandidat! at en god Gaardshund er for os en ligefrem Nødvendighed — he?"

„Aa ja — en liden Kjøter, som kan bjæffe, saa at Karlen vaagner."

„Nei Tak! vi maa s'gu have en ordentlig Hund, som kan tage Kanaljerne ved Vingebenet. Jeg har nu en prægtig Blodhund."

„Og naar der saa kommer rendende en skikkelig Fyr, for at melde Dem, at det brænder i Bagbygningen, og saa Deres prægtige Blodhund farer ham i Struben — hvad saa?"

„Ja — saa er det uheldigt," lo Landmanden, og de andre lo ogsaa.

Hr. Viggo Hansen var nu saa ivrig med Svar til alle Sider og de urimeligste Paradoxer, saa især de Unge morede sig kosteligt, uden at lægge synderligt Mærke til den øgende Bitterhed.

„Men Pladshundene — Pladshundene! dem vil De dog lade os beholde? — Hr. Kandidat! —" raabte en Kulhandler leende.

„Ingenlunde! intet er urimeligere end, at en stakkels kulfattig Mand, der kommer, for at fylde sin Sæk af et Kulbjerg, — at han skal sønderrives af vilde Dyr. Mellem en saa ringe Forseelse og en saa frygtelig Straf er der aldeles intet fornuftigt Forhold."

„Maa vi ikke faa vide, hvorledes De vilde beskytte Deres Kulbjerg, om De havde noget?"

„Jeg vilde bygge et forsvarligt Plankeværk, og hvis jeg var meget ængstelig, vilde jeg holde en Vagtmand, som høfligt, men bestemt skulde sige til dem, der kom med Sækken: Undskyld! — men min Herre er meget nøie paa det. De faar ikke fylde Deres Sæk; De maa strax forføie Dem bort."

Gjennem den almindelige Latter, som fulgte denne sidste Paradox, talte en geistlig Alvorsmand nede fra Damerne:

„Det forekommer mig, at der mangler noget i denne Diskussion — noget, som jeg vilde kalde det ethiske Moment. Er det ikke saa, at vi alle, som sidde her, have i vort Hjerte en bestemt, klar Følelse af det oprørende i den Forbrydelse, vi kalde Tyveri?"

Almindelig og varm Tilslutning.

„Og mon det ikke yderligere oprører os at høre en Forbrydelse, der baade i guddommelig og menneskelig Lov udtrykkelig nævnes som en af de værste, høre den nedsat til en ringe og ubetydelig Forseelse? mon ikke saadant i høi Grad kan virke nedbrydende og samfundsfarligt?"

„Tillad ogsaa mig," svarede strax den ufortredne Kandidat Hansen, „at fremholde et ethisk Moment. Er det ikke saa, at utallige, som ikke sidder her, har i sit Hjerte en bestemt og klar Følelse af det oprørende i den Forbrydelse, de kalder Rigdom? Og mon det ikke yderligere maa oprøre dem, der selv ikke eier andet Kul end en tom Sæk, naar de ser En, der tillader sig at eie 2 à 300 Tusinde Tønder, slippe vilde Dyr løs til Bevogtning af sit Kulbjerg og gaa tilsengs, efter at have skrevet paa Porten: Pladshundene løslades ved Mørkets Frembrud. Mon ikke saadant i høi Grad kan virke ophidsende og samfundsfarligt?"

„Ih — men du milde Gud og Fader! det er jo en Sansculot!" raabte gamle Bedstemor.

De fleste mumlede ogsaa misfornøiet; han gik for vidt; dette var ikke længer morsomt. Kun nogle faa lo endnu: han mener ikke et Ord af, hvad han siger; det er bare hans Manér; — Skaal Hansen !

Men Værten tog det alvorligere. Han tænkte paa sig selv, og han

tænkte paa Trofast. Med en uhyggelig Høflighed begyndte han:
„Tør jeg for det første spørge, hvad Hr. Kandidaten forstaar ved et fornuftigt Forhold mellem Brøde og Straf?"

„For Exempel," — svarede Hr. Viggo Hansen, som nu var ganske vild, „hvis jeg hørte om en Grosserer, som havde 2 à 300 Tusinde Tønder Kul, at han havde nægtet en fattig Stakkel at fylde sin Sæk, og at samme Grosserer til Straf herfor var bleven sønderrevet af vilde Dyr, — ja se saa var det noget, jeg meget let kunde forstaa; thi mellem saa stor Hjerteløshed og saa grusom en Straf var der dog et fornuftigt Forhold —"

„Mine Damer og Herrer! min Hustru og jeg beder Dem tage tiltakke. Velbekomme!"

Der var en hemmelig Hvisken og Smaasnakken og en trykket Stemning blandt Gjæsterne, mens man spredte sig i Salonerne.

Værten gik omkring med et stramt Smil, og saasnart han var færdig med at ønske hver enkelt velbekomme, gik han, for at opsøge Kandidat Hansen og i utvetydige Ord vise ham Døren for bestandigt.

Men det behøvedes ikke; Hr. Viggo Hansen havde allerede fundet den.

III.

Det havde sin Rigtighed med Sneen, saaledes som Grossereren fortalte. Skjønt det var saa tidligt paa Vinteren, faldt der flere Dage itræk lidt vaad Sne udpaa Morgensiden; men det blev til fint Regn, naar Solen gik op.

Dette var ellers næsten det eneste Tegn paa, at Solen var kommen op; thi stort lysere blev det ikke hele Dagen, hellerikke varmere. Luften var tyk af Taage — ikke den hvidgraa Havtaage, men brungraa, tæt, død Russetaage, som ikke var bleven lettere ved at fare hen over Sverige! og Østenvinden kom trækkende med den og pakkede den godt og forsvarligt ned mellem Husene i Kjøbenhavn.

Under Træerne langs Kastelsgraven og i Grønningen var der ganske sort efter Dryppen fra Grenene. Men midt efter Gaderne og oppe paa Hustagene lagde Sneen et tyndt hvidt Lag.

Der var endnu ganske stille ovre hos Burmeister & Wain; den sorte Morgenrød hvirvlede op af Skorstenene, og Østenvinden kastede den ned paa de hvide Tage, saa den blev endnu sortere, og spredte den udover Havnen indimellem Rigge paa Skibene, som laa triste og sorte i Graalysningen med hvide Snestriber langs

Rækken. Paa Toldboden skulde Blodhundene snart lukkes inde og Jernportene aabnes.

Østenvinden var tung og vældede Bølgerne ind mod Langelinie og brød dem i graagrønt Skum mellem de slimede Stene, medens lange Dønninger gik ind over Havnen, skvulpede under Toldbodbommen og rullede store Navne og tunge Minder indover Stokken rundt Flaadens Leie, og der laa de gamle Træfregatter aftaklede med Tag over i al deres imponerende Ubrugelighed.

Havnen var endnu fuld af Skibe, paa Brygger og i Pakhuse laa Varer høit opstablede. Ingen kunde vide, hvad Vinter man fik, om man skulde afstænges i maanedsvis fra Verden, eller om det skulde gaa af med Taage og Sneslaps.

Derfor laa der Række paa Række af Petroleumsfade, som sammen med uhyre Kulbjerge lurede paa en stræng Vinter; og der laa Piber og Oxehoveder med Vin og Cognac, som taalmodigt ventede paa nye Forfalskninger; Tran og Talg og Kork og Jern — alt laa og ventede, hver paa sit.

Overalt laa der Arbeide og ventede — tungt Arbeide, grovt Arbeide og fint Arbeide ligefra Bunden af de svære engelske Kuldampere og helt op til de tre forgyldte Ræddiker paa Keiseren af Ruslands nye Kirke i Bredgade.

Men endnu var der ingen, som tog fat. Byen sov saa tungt; Luften var saa tung, Vinteren hang over; og i Gaderne var der saa stille, at man hørte Vandet fra Sneen, som smeltede paa Tagene, falde ned i Vandrenderne med dybe Klunk, somom selve de store Stenhuse endnu hulkede i Halvsøvne.

En liden søvnig Morgenklokke klemtede ovre paa Holmen, hist og her aabnedes en Dør, og en Hund kom ud, for at gjø. Gardiner rulledes op, og Vinduer aabnedes. Stuepigen gik omkring derinde og gjorde rent ved et bart Lys, som stod og viftede; i et Vindu i Palaiet laa en galloneret Lakai og pillede sig i Næsen i den aarle Morgenstund.

Taagen laa tyk over Havnen og hang igjen i Riggen paa de store Skibe som i Skoven; Regn og vaade Snefiller gjorde den endnu tættere; men Østenvinden pressede den ind mellem Husene og fyldte hele Amalienborg Plads, saa Frederik den 5te sad ligesom i Skyerne og vendte den stolte Næse ubekymret mod sin halvfærdige Kirke.

Flere søvnige Klokke begyndte nu; en Damppibe satte i med et Helvedes Hvin. I Kneiperne, der „aabnes før Klokkelyden", holdtes allerede Fromesse ved varm Kaffe og Snaps; Piger med Haaret nedad Ryggen efter en vild Nat kom ud af Sømandshusene ved Nyhavn og gav sig til at pudse Vinduer isøvne.

Der var bitterligt surt, og de, som skulde over Kongens Nytorv, skyndte sig forbi Øhlenschläger, som de havde sat udenfor Theatret barhodet med Flipperne fulde af Sne, der smeltede og randt ham ned i den aabne Halslinning.

Nu kom de lange, ubønhørlige Stød i Damppiben fra Fabrikerne rundt over hele Byen, og paa Havnen løb de smaa Dampskibe og peb for ingenting.

Arbeidet, som overalt laa og ventede, begyndte at sluge de mange smaa mørke Skikkelser, som søvnige og forfrosne kom frem og forsvandt rundt omkring i Byen. Og der blev næsten en stille Vrimlen i Gaderne, nogle løb, andre drog sig afsted — baade de, som skulde ned i Kuldamperne, og de, som skulde op og forgylde Keiseren af Ruslands Ræddiker, og tusinde andre, som skulde sluges af alskens Arbeide.

Og Vogne begyndte at rumle, Udraabere at skrige, Maskinerne løftede sine olieblanke Skuldre og dreiede snurrende Hjul; og lidt efter lidt svingede den tunge, tykke Luft i en dæmpet Knurren fra de tusinde Menneskers samlede Arbeide; Dagen var begyndt; det glade Kjøbenhavn var vaagnet.

Politibetjent Frode Hansen frøs lige ind til sin inderste Coefficient; det havde været en ualmindeligt sur Vagt, og han gik utaalmodigt op og ned i Aabenraa og ventede paa Mam Hansen. Hun pleiede at komme paa denne Tid eller endog tidligere, og idag var han fast bestemt paa at drive det til en halv Bayer eller en Kop varm Kaffe.

Men Mam Hansen kom ikke; og han begyndte at tænke over, om det dog ikke var hans Pligt at melde hende; hun drev det altfor vidt; det kunde slet ikke gaa an længer dette Spilfægteri med disse Kaalblade og denne Kulhandel.

Ogsaa Thyra og Valdemar havde flere Gange kiget ud i det lille Kjøkken, om ikke Moderen var kommen og havde sat Kadden over. Men der var sort under Kjedelen og saa mørkt i Luften og koldt i Stuen, at de hoppede iseng igjen, krøb under i Halmen og morede sig med at sparke hinanden i Maven.

— Da de aabnede de store Porte til Grosserer Hansens Kullager paa Kristianshavn, sad Trofast der og skelede skamfuld til Siden; det var ogsaa et modbydeligt Arbeide, de havde sat ham til.

Henne i en Krog fandt de mellem to tomme Kurve en Byldt af Filler, som det stønnede svagt ud af; paa Sneen var der et Par Draaber Blod, og tæt ved laa urørt et Stykke Wienerbrød med

Sukker paa.

Da Formanden forstod Sammenhængen, vendte han sig mod Trofast, for at rose ham; men Trofast var alt gaaet hjem; det var ham altfor ubehageligt.

De samlede hende da op saaledes som hun var — vaad og ækel, og Formanden bestemte, at hun skulde følge paa den første Kulvogn, som gik indover Byen, saa kunde de holde ved Hospitalet, og saa kunde Professoren selv se, om hun var Reparationen værd. — Omkring Klokken ti begyndte Grossererens Familie at samles til Frokostbordet. Thyra kom først. Hun ilede hen til Trofast, klappede og kyssede ham og overøste ham med kjærlige Ord.

Men Trofast rørte ikke sin Hale, løftede neppe Øinene; men vedblev at slikke sine Labber, der vare lidt sorte efter Kullene.

„Gud — søde Mor!" raabte Frøken Thyra, „Trofast er bestemt syg, han har naturligvis forkjølet sig inat; det var ogsaa afskyeligt af Far."

Men da Valdemar kom, erklærede han med Kjendermine, at Trofast var fornærmet.

De kastede sig nu alle tre over ham med Bønner og Undskyldninger og gode Ord; men Trofast saa koldt fra den ene til den anden; det var klart, at Valdemar havde Ret.

Thyra løb da ud efter Faderen, og Grossereren kom ind alvorlig, lidt høitidelig. De havde netop gjennem Telefonen fortalt ham fra Kontoret, hvor godt Trofast havde passet paa, og idet han nu knælede ned paa Kamintæppet foran Trofast, takkede han rørt for den store Tjeneste.

Dette formildede Trofast en Del.

Grossereren fortalte nu Familien fremdeles paa Knæ med Trofasts Pote i sin, hvorledes det var gaaet til inat. At Tyven var et forvorpent Fruentimmer — af de allerværste, som endogsaa — man tænke sig bare! havde drevet en temmelig betydelig Handel med de stjaalne Kul. Hun havde været saa udspekuleret at bestikke den unge Pladshund med et Stykke fint Brød; men det nyttede naturligvis ikke med Trofast.

„Og dette bringer mig til at tænke paa, hvor ofte en vis Person, som jeg ikke gider nævne, kom med saadanne Floskler som, at det var Skam, at et Dyr skulde vrage Brød, som mangt et Menneske vilde takke for. Ser vi ikke nu, hvad det var godt for? Netop ved denne — hm! ved denne Eiendommelighed blev Trofast istand til at aabenbare en afskyelig Forbrydelse, at bidrage til det Ondes retfærdige Straf og saaledes gavne baade os og Samfundet."

„Men hør Far!" raabte Frøken Thyra, „vil du ikke love mig en Ting?"

„Hvad er det? — Barn!"

„At du aldrig mere vil forlange noget saadant af Trofast; lad dem heller stjæle lidt."

„Det lover jeg dig — Thyra! — og dig ogsaa min brave Trofast," sagde Grossereren og reiste sig med Værdighed.

„Trofast er sulten," sagde Valdemar med Kjendermine.

„Gud Thyra! hent dog hans Koteletter."

Thyra vilde styrte ned i Kjøkkenet; men idetsamme bragte Stine dem hæsblæsende. —

— Professoren maa formodentlig ikke have fundet, at Mam Hansen var Reparationen værd; thi hun kom aldrig mere for en Dag, og Børnene fløj ganske udover. Jeg ved ikke, hvad der blev af dem. —

KAREN

Der var engang i Krarup Kro en Pige, som hed Karen.

Hun var alene om Opvartningen; for Kromandens Kone gik næsten altid omkring og ledte efter sine Nøgler. Og der kom mange i Krarup Kro; — baade Folk fra Omegnen, der samledes, naar det mørknede om Høstaftenen og sad i Krostuen og drakk Kaffepuncher saadan i Almindelighed uden nogen bestemt Hensigt, men ogsaa Reisende og Veifarende, der kom trampende ind — blaa og forblaaste, for at faa sig noget varmt, der kunde holde Livet oppe til næste Kro.

Men Karen kunde alligevel klare det hele, skjønt hun gik saa stille og aldrig syntes at have Hastværk.

Hun var spinkel og liden — ganske ung, alvorlig og taus, saa der var ingen Morskab ved hende for de Handelsreisende. Men skikkelige Folk, som gik i Kroen for Alvor og som satte Pris paa at Kaffen serveredes hurtigt og skoldende hed, de holdt desto mere af Karen. Og naar hun smøg sig frem mellem Gjæsterne med sit Bræt, veg de tunge Vadmelskroppe tilside med en uvanlig Fart, der blev gjort Vei for hende, og Samtalen sluknede for et Øieblikk, alle maatte se efter hende, hun var saa nydelig.

Karens Øine var af de store graa, der paa en gang syntes at se og at se langt — langt forbi; og Øienbrynene var høit buede ligesom i forundring.

Derfor trodde Fremmede at hun ikke rigtig forstod hvad de bad om. Men hun forstod godt og tog ikke feil. Det var bare noget underligt over henne alligevel, — somom hun saa langt ud efter noget — eller lyttede — eller ventede — eller drømte.

Vinden kom vestenfra over lave Sletter. Den havde væltet lange, tunge Bølger henover Vesterhavet; salt og vaad af Skum og Fraade havde den kastet sig ind over Kysten. Men i de høie Klitter med det lange Marehalm var den bleven tør og fuld av Sand og lidt træt, saa da den kom til Krarup Kro, var det netop saa vidt, at den kunde faa Portene op til Reisestalden.

Men op fór de, og Vinden fyldte det store Rum og trængte ind ad Kjøkkendøren, som stod paa Klem. Og tilslut blev der et saadant Pres af Luft, at Portene i den anden Ende af Stalden ogsaa sprang op; og nu fór Vestenvinden triumferende tversigjennem, svingede Lygten, som hang i Taget, tog Huen af Staldkarlen og trillede den ud i Mørket, blæste Tæpperne over Hovedet paa Hestene, blæste en hvid Høne ned af Pinden og opi Vandtruget. Og Hanen opløftede et frygteligt Skraal, og Karlen bandte, og Hønsene skreg, og i Kjøkkenet kvaltes de af Røg, og Hestene blev urolige og slog Gnister av Stenene; selv Ænderne, som havde trykket sig sammen nær Krybberne, for at være de første til de spildte Korn, tog paa at snadre, og Vinden brusede gjennem med en Helvedes Allarm, indtil der kom et Par Mand ud fra Krostuen, satte Ryg mod Portene og pressede dem sammen igjen, medens Gnisterne føg dem i Skjægget fra de store Tobakspiber.

Efter disse Meriter kastede Vinden sig ned i Lyngen, løb langs de dybe Grøfter og tog et ordentligt Tag i Postvognen, som den traf en halv Mils vei fra Kroen.

„Det var dog et fandens Jav, han altid har for at komme til Krarup Kro," — knurrede Anders Postkarl og slo et Klask over de svede Heste.

Thi det var vist tyvende Gang, at Postføreren havde ladet Vinduet gaa ned, for at raabe et eller andet op til ham. Først var det en venskabelig Invitation til en Kaffepunch i Kroen; men efterhvert blev det tyndere med Venskabeligheden, og Vinduet fór ned med et Smæld, og ud fór der nogle kortfattede Bemærkninger baade over Hest og Kusk, som Anders ialfald slet ikke kunde være tjent med at høre.

Imidlertid strøg Vinden lavt langs med Jorden og sukkede saa langt og besynderligt i de tørre Lyngbuske. Det var Fuldmaane;

men tæt overskyet, saa der bare laa et hvidagtigt diset Skjær over Natten.

Bagenfor Krarup Kro laa Torvmyren mørk med sorte Torvskurer og dype farlige Huller. Og indimellem Lyngtuerne bugtede der sig en Stribe af Græs, somom det kunde være en Vei; men det var ingen Vei, for den stansede lige i Kanten af en Torvgrav, som var større end de andre og dybere ogsaa.

Men i Græsstriben laa Ræven ganske flad og lurede, og Haren hoppede paa letten Fod over Lyngen.

Det var let for Ræven at beregne, at Haren ikke vilde løbe lang Ring saa sent paa Aftenen. Den stak forsigtigt den spidse Snude op og gjorde et Overslag; og idet den luskede tilbage følgende Vinden, for at finde et godt sted, hvorfra den kunde se, hvor Haren vilde slutte Ringen og lægge sig ned, tænkte den selvbehagelig over, hvorledes Rævene bestandigr blive klogere og Harene bestandigt dummere og dummere.

Inde i Kroen var der usædvanligt travelt, for et Par Handelsreisende havde bestilt Haresteg; desuden var Kromanden paa Auktion i Thisted, og Madamen var aldrig vant til at stelle med andet end Kjøkkenet. Men nu traf det sig saa uheldigt, at Sagføreren skulde have fat i Kromanden, og da han ikke var hjemme, maatte Madamen tage mot en lang Besked og et yderst vigtigt Brev, hvilket aldeles forvirrede hende.

Ved ovnen stod en fremmed Mand i Olieklær og ventede paa en Flaske Sodavand; to Fiskeopkjøbere havde tre Gange rekvireret Cognac til Kaffen; Kromandens Karl stod med en tom Lygte og ventede paa et Lys, og en lang tør Bondemand fulgte Karen ængstelig med Øinene: han skulde have 63 Øre igjen paa en Krone.

Men Karen gik til og fra uden at forhaste sig og uden at forvirres. Man skulde neppe tro, at hun kunde holde Rede i alt dette. De store Øine og de forundrede Øienbryn var ligesom spændte i Forventning; det lille fine Hoved holdt hun stivt og stille — som for ikke at forstyrres i alt det, hun havde at tenke paa. Hendes blaa Hvergarnskjole var bleven for trang for hende, saa Halslinningen skar sig lidt ind og dannede en liden Fold i Huden paa Halsen nedenunder Haaret.

„De Aggerpiker ere saa hvide i Huden," sagde den ene Fiskeopkjøber; de var unge Folk og talte om Karen som Kjendere.

Henne ved vinduet var der en Mand, som saa paa Klokken og sagde: „Posten kommer tidligt iaften."

Det rumlede over Brostenene udenfor; Porten til Rejsestalden sloges op, og Vinden ruskede igjen i alle Døre og slog Røg ud af Ovnene.

Karen smøg ud i Kjøkkenet, idetsamme Krodøren gik op.

Postføreren traadte ind og hilste Godaften.

Det var en høi, smuk Mand med mørke Øine, sort, krøllet Skjæg og et lidet, kruset Hoved. Den lange, rige Kappe av Kongen af Danmarks pragtfulde røde Klæde var prydet med en bred Krave af krøllet Hundeskind udover Skuldrene.

Alt det tarvelige Lys fra de to Parafinlamper, som hang over Krobordet, syntes at kaste sig forelsket over den røde Farve, der stakk saa meget af mod alt det graa og sorte, som var i Rummet. Og den høie Skikkelse med det lille krusede Hoved, den brede Krave og de lange purpurrøde Folder blev — idet han gik gjennem den lave, røgede Krostue — til et Vidunder av Skjønhed og Pragt.

Karen kom hurtigt ind fra Kjøkkenet med sit Bræt; hun bøiede Hovedet, saa man ikke kunde se Ansigtet, idet hun skyndte sig fra Gjæst til Gjæst.

Harestegen placerede hun midt foran de to Fiskeopkjøbere, hvorpaa hun bragte en Flaske Sodavand til de to Handelsreisende, som sad i Stuen indenfor. Derefter gav hun den bekymrede Bondemand et Talglys, og idet hun smuttede ud igjen, stak hun 63 Øre i Haanden paa den Fremmede ved Ovnen.

Kromandens Kone var aldeles fortvivlet; hun havde vistnok ganske uformodet fundet Nøglerne; men strax derpaa mistet Sagførerens Brev, og nu stod hele Kroen i det frygteligste Røre: ingen havde faaet, hvad de skulde have, alle raabte i Munden paa hinanden, de Handelsreisende ringede uafladeligt med Bordklokken, Fiskeopkjøberne lo sig næsten fordærvet av Haren, som laa og skrævede paa Fadet foran dem; men den bekymrede Bondemand pikkede Madamen paa Skulderen med sit Talglys, han skjalv for sine 63 Øre. Og i al denne haabløse Forvirring var Karen sporløst forsvunden. —

— Anders Postkarl sad paa Bukken; Kromandens Dreng stod færdig til at aabne Portene; de to Reisende inde i Vognen blev utaalmodige, Hestene ogsaa — skjønt de ikke havde noget at glæde sig til, og Vinden ruskede og peb gjennem Stalden.

Endelig kom Postføreren, som de ventede paa. Han bar sin store Kappe paa Armen, da han traadte hen til Vognen og gjorde en liden Undskyldning, fordi man havde ventet. Lygten lyste ham i Ansigtet; han saa ud til at være meget varm, og det sagde han ogsaa med et Smil, idet han trak Kappen paa og steg op hos Kusken.

Portene gik op og postvognen rumlet afsted. Anders lod Hestene gaa smaat, nu havde det jo ingen Hast mere. Af og til skottede han til Postføreren ved Siden; han sad endnu og smilte hen for sig og lod Vinden ruske sig i Haaret.

Anders Postkarl smilte ogsaa paa sin Maate; han begyndte at forstaa.

Vinden fulgte Vognen til Veien vendte, kastede sig derpaa igjen ind over Sletten og peb og sukkede saa langt og besynderligt i de tørre Lyngbuske. Ræven laa paa sin Post, alt var paa det nøieste beregnet; Haren maatte snart være der.

Inde i Kroen var Karen endelig dukket op igjen, og Forvirringen dæmpedes efterhvert. Den bekymrede Bondemand blev kvitt sit Lys og fik sine 63 Øre, og de Handelsreisende hadde kastet sig over Stegen.

Madamen klynkede lidt; men hun skjændte aldrig paa Karen; der var ikke det Menneske i Verden, som kunde skjænde paa Karen.

Stille og uden at forhaste sig gik hun igjen til og fra, og den fredelige Hygge, som altid fulgte hende, bredte sig atter over den lune, halvmørke Krostue. Men de to Fiskeopkjøbere, som havde faaet baade en og to Cognacer til Kaffen, var ganske betagne af hende. Hun hadvde faaet Farve i Kinderne og et lidet halvskjult Glimt af et Smil, og naar hun en enkelt Gang løftede Øinene, fór det dem gjennem hele kroppen.

Men da hun følte, at deres Øine fulgte hende, gik hun ind i Stuen, hvor de Handelsreisende sad og spiste og gav sig til at pudse nogle Theskeer borti Skjænken.

„Lagde De merke til Postføreren?" — spurgte den ene af de Reisende.

„Nei — jeg saa bare et Glimt af ham; han gik vist strax ud igjen," svarede den anden med Munden fuld af Mad.

„Satans kjøn Fyr! jeg har saamænd danset i hans Bryllup."

„Saa — er han gift?"

„Javist! hans Kone bor i Lemvig; de har vist to Børn. Hun var Datter af Kromanden i Ulstrup, og jeg kom just dertil Bryllupsaftenen. Det var en lystig natt — kan De tro!"

Karen slapp Theskeerne og gik ud. Hun hørte ikke, hvad de raabte til hende i Krostuen; hun gik over Gaarden til sit Kammer, lukkede Døren og begyndte halvt sanseløs at ordne sine Sengklæder.

Hendes Øine stod stive i Mørket, hun tog sig til Hovedet, hun tog sig for sit Bryst, — hun stønnede, hun forstod ikke, — hun forstod ikke —

Men da hun hørte Madamen saa ynkeligeb raabe: „Karen! — bitt'
Karen!" — da fór hun op, ud af Gaarden, om Bagsiden af Huset, ud
— ud i Heden.

I Halvlyset bugtede den lille Græsstribe sig mellem Lyngen,
somom det kunde være en Vei; men det var ingen vei, ingen
maatte tro, det var nogen Vei, for den førte lige i Kanten af den
store Torvgrav.

Haren skvat op, den havde hørt et Plask. Den fór afsted, somom
den var gal, i lange Hop; snart sammentrukket med Benene
indunder sig og Ryggen krum, snart udstrakt, utrolig lang — som
et flyvende Trækspill — hoppede den afsted over Lyngen.

Ræven stak den spidse Snute op og stirrede forbauset efter Haren.
Den havde ikke hørt noget Plask. Thi den var kommen efter alle
Kunstens Regler smygende paa Bunden af en dyp Grøft; og da den
ikke var sig nogen Feil bevidst, kunde den ikke begripe sig paa
Haren.

Længe stod den med Hodet oppe, Bagkroppen sænket og den
store buskede Hale gjemt i Lyngen; og den begyndte at tænke over,
om det er Harerne, som blive klogere, eller Rævene, som blir
dummere.

Men da Vestenvinden havde løbet et langt Stykke, blev den til
Nordenvind, siden til Østenvind, derpaa til Søndenvind og tilslut
kom den igjen over Havet som Vestenvind, kastede sig inn i Klitten
og sukkede saa langt og besynderligt i de tørre Lyngbuske. Men da
manglede der to forundrede graa Øine i Krarup Kro og en blaa
Hvergarnskjole, som var bleven for trang. Og Kromandens Kone
klynkede mere enn nogensinde; hun kunde ikke forstaa det, —
ingen kunde forstaa det, undtagen Anders Postkarl — og en til. —

— Men naar gamle Folk vilde give Ungdommen en rigtig alvorlig
Advarsel, pleiede de gjerne at begynde saaledes: „Der var engang i
Krarup Kro en Pige, som hed Karen —"

Also available from JiaHu Books:

Sne – Alexander Kielland
Garman & Worse – Alexander Kielland
Novelletter – Alexander Kielland
Brand - Henrik Ibsen
Et Dukkhjem – Henrik Ibsen
(Norwegian/English Bilingual text also available)
Peer Gynt – Henrik Ibsen
Hærmændene på Helgeland – Henrik Ibsen
Fru Inger til Østråt -Henrik Ibsen
Gengangere – Henrik Ibsen
Catilina – Henrik Ibsen
De unges Forbund – Henrik Ibsen
Gildet på Solhaug - Henrik Ibsen
Kærligdehens Komedie - Henrik Ibsen
Synnøve Solbakken - Bjørnstjerne Bjørnson
Nils Holgerssons underbara resa genom Sverige - Selma Lagerlöf
Gösta Berlings Saga - Selma Lagerlöf
Den siste atenaren – Viktor Rydberg
Singoalla – Viktor Rydberg
Det går an - Carl Jonas Love Almqvist
Drottningens Juvelsmycke - Carl Jonas Love Almqvist
Röda rummet – August Strindberg
Fröken Julie/Fadren/Ett dromspel - August Strindberg
Egils Saga (Old Norse and Icelandic)
Brennu-Njáls saga (Icelandic)
Laxdæla Saga (Icelandic)
The Little Mermaid and Other Stories (Danish/English Texts) -
Hans-Christian Andersen
Die vlakte en andere gedigte (Afrikaans) - Jan F.E. Celliers

www.ingramcontent.com/pod-product-compliance
Lightning Source LLC
Chambersburg PA
CBHW050902120626
46554CB00003B/978